Dans les cendres de l'amour

Jubilo Max

Dans les cendres de l'amour

LES ÉDITIONS DU NET
22, rue Édouard Nieuport 92150 Suresnes

ISBN : 978-2-312-02715-9

Remerciements

Merci aux internautes qui par leurs commentaires ont encouragé sur un premier blog, la poursuite de mes écrits.

Merci à Suzanne. J, qui depuis toutes ces années me clamait son envie de lire la suite de ce qu'elle avait entrevu, et sans qui peut-être ce livre ne serait jamais arrivé jusqu'à sa fin.

Merci à mes parents de m'avoir donné d'être ce que je suis aujourd'hui.

A mes amis d'avoir laissé leurs souvenirs accompagner ces pages. Maman merci pour tes conseils avisés. Christelle pour ton expérience de l'écriture.

Je ne saurais oublier dans mes remerciements « Ma bonne étoile ». Riad Marocain à Ouled Driss que Roseline tient avec toutes ses qualités, et où j'ai trouvé la paix et le temps nécessaire de mener ce récit à son terme.

Je salue le personnel du café des épices à Marrakech, que j'ai surement étonné au long de ces années où sur une petite table en bois il me voyait devant un café à la canelle accompagné d'excellentes pâtisseries, tourner mes feuilles et rédiger entouré de leurs sourires.

Je terminerai ces remerciements pour Toi. Toi qui sait ce que signifient ces pages qui, dans chaque mot, dessinent les lignes d'un visage.

Avant-propos

Je ne suis que le héros de ma vie. Mes concepts sont peut-être d'une autre époque, peuvent choquer ou paraître déplacés, couverts de la poussière du temps, mais ils sont ceux que je respecte, ceux qui font ce que j'ai été, ce que je suis. Ils n'ont eu pour guide que le cœur qui les fait vivre. Ils brillent de l'Amour qui les nourrit.

*****

J'ai tant de fois pour qu'il éclaire ton cœur, voulu illuminer le ciel au-dessus de nos têtes avec ces mots qui me brûlaient et ne devaient pas franchir la frontière de mes lèvres.

*****

Je vois ta maison. Tu ignores que je suis là à quelques pas seulement.

Je mourrai avec ce dernier regard vers toi. J'entends venir le train, je sais que je suis prêt maintenant.

C'était ma vie.

Prologue

– Papa ! J'ai peur de croire en l'amour ? Penses-tu que mon couple aura la chance de résister au temps et toujours amoureusement, comme pour maman et toi ? Un mariage sur trois finit mal ; comment aujourd'hui s'engager à deux avec confiance ? Tout le monde semble trahir ses promesses.

– Je ne sais pas Marie comment évoluera ton couple, et je ne pense pas qu'il s'agisse de chance tu sais. Il faut avant tout croire au bonheur et savoir ce que l'on veut vraiment. La vie n'a que la couleur qu'on lui donne. Mais même si nous avons avec maman franchi toutes ces années sans orage et toujours dans l'amour, tu as pu le constater, rien ne se fait sans effort. Quel compétiteur peut remporter une victoire, s'il n'est pas convaincu que seule sa force à gérer ses faiblesses lui permet d'être encore plus fort ?

Rassure-toi, ce n'est pas non plus une question de génération. Les anciens ne divorçaient peut-être pas, mais ils avaient avant tout une façade sociale à préserver, et leur couple n'était pas forcément plus heureux. Ceux de notre époque affichent plus ouvertement leurs difficultés.

Si nous avons fondé une famille unie dans l'amour, c'est certainement parce que j'ai puisé le ciment de cet amour dans les cendres d'un précédent.

Je vais te raconter le feu de celui qui a incendié mon cœur.

Fils de l'instituteur

1976, jour de classe et de printemps, il fait beau. C'est la récréation les élèves sont rassemblés par petits groupes dans la cour du collège.

Moi je suis seul comme d'habitude. C'est mon caractère, et puis je suis un peu timide.

Je me suis toujours isolé. Certainement car je n'ai jamais compris ce qui amuse tant les autres à se moquer, à se battre ou à critiquer.

Alors comme d'habitude je traverse la cour de long en large le temps de la récréation ; je suis mes pas, perdu dans mes pensées.

En me déplaçant je jette très haut un objet qui retombe pile dans ma main, (j'ai une certaine adresse au lancé), ou bien encore je lis un livre. Je fais partie du club de théâtre et j'apprends mon rôle tout en marchant.

C'est certain on me remarque, et je sais car je les vois, que derrière la fenêtre de leur salle commune les professeurs parlent de moi en buvant leur café, et cela ne me déplaît pas.

Parmi un groupe d'élèves rassemblés à discuter, Olivier, mon camarade, m'interpelle et me demande de le rejoindre.

Alors que je lui réponds, l'incendie prend naissance : mon cœur s'enflamme.

Il y a près de lui une fille qui désormais hantera mes pensées et torturera mon cœur les quatre années suivantes.

Je n'entends pas vraiment ce que me dit Olivier, et je n'ai pas particulièrement envie de dire bonjour à ses copains et copines que je ne connais pas. Déjà je suis gauche, et je me sens si peu intéressant que je pense déranger quand je me mêle à un groupe.

Ce n'est pas qu'une impression. Au collège quand nous sommes en sport collectif et que les capitaines constituent leur équipe en désignant chacun leur tour un camarade, un élève, je reste parmi les derniers appelés ; ceux que l'on prend parce que c'est la règle qui l'impose, mais que l'on préférait laisser sur le banc de touche ou dans l'autre équipe. Qu'importe, je suis un des plus forts au poids, à la corde et à la course. J'ai déjà eu le prix de gymnastique et je ne rougis donc pas de ma situation. Je ne suis pas non plus de Nuits St Georges. Le collège y est situé, et les écoliers qui ont quitté le primaire de cette ville constituent la majeure partie des groupes où il faut savoir se faire accepter. De toute façon cela ne m'intéresse pas : je n'ai rien à leur dire et je n'attends rien d'eux. Je n'ai, contrairement aux autres écoliers de mon âge, encore jamais participé à une surprise partie, à une boum. Qui m'inviterait ?

Moi, j'arrive de mon village situé à sept kilomètres de là. Village de vignerons parmi tant d'autres dans ce pays du vin de Bourgogne.

Vougeot ; mondialement connu des amateurs de grands crus par son château du Clos de Vougeot, mais terriblement loin des habitudes des jeunes de Nuits.

Je ne connais d'ailleurs pas grand chose à la vigne : papa est l'instituteur et le secrétaire de mairie du village, et il m'arrive d'en être fier.

Oui ! Si les jeunes de mon âge m'ignorent, les plus grands et les adultes m'interpellent quand je me présente : « Ah ! Vous êtes le fils de l'instituteur ? »

En effet, au sein du canton papa se rend disponible et sacrifie beaucoup de son temps pour de multiples activités : sportives, de secrétariat ou autres.

Le logement de fonction de l'instituteur que nous occupons, est situé dans l'enceinte de la mairie et de l'école communale.

Ce bâtiment est clos. Personne n'y accède en dehors des heures ouvrées, enfin pas les enfants. C'est mon univers et un immense terrain de jeux qui s'étend du grand grenier à la salle de classe, de la cour de l'école et ses agrès à l'immense jardin et aux différentes remises et garages. Terrain de jeux que je partage avec mes deux sœurs et mon frère, rarement avec d'autres enfants. Je ne sais pas ce que veut dire avoir un ami.

Ce fut l'univers de mes douze premières années.

Ma vie de jeune garçon s'est construite entre ces murs qui m'ont vu grandir, les jours d'école comme les jours fériés, à l'abri du monde extérieur et de ses faux semblants.

Ces murs peuvent avoir des oreilles, mais s'ils savaient parler, bien de mes secrets seraient peut-être dévoilés.

Je sais que ce confinement ne m'a pas appris durant ces années, à me construire dans l'adversité. Ce n'est pas non plus l'équipe de foot dans laquelle papa m'avait inscrit de force qui a pu compenser cela. Du reste, pour ne plus avoir à subir ce mal de ventre la veille des matchs et des entraînements auxquels je n'ai jamais aimé participer, j'ai fini, à treize ans, par déchirer ma licence devant lui, abandonnant de la sorte et sans le savoir, toute possibilité de psychologiquement me construire autrement.

Tout cela est loin maintenant. J'ai presque 15 ans, et je pratique le karaté depuis quelques années. Je suis téméraire sans être très courageux, mais aussi timide et solitaire.

Nouvelle rencontre

Je rejoins donc le groupe d'Olivier et je lance un bonjour à la volée. Des têtes se tournent vers moi, mais personne ne m'adresse la parole. Olivier s'approche et me dit :

– Max, je te présente Maryse, elle voulait te dire bonjour.

Je lui tends la main, mais Olivier me reprend :

– Que fais-tu ? Les filles on leur fait la bise !

Je dois rougir un peu, car j'ai soudainement chaud ; Maryse se penche pour me faire cette bise, me dit bonjour, me sourit, et reprend sa discussion avec les autres.

Olivier me dit à l'oreille que c'est elle qui lui a demandé de m'appeler, elle voulait me connaître…

Moi jusqu'à cet instant, je n'avais fait la bise qu'à mes sœurs et à mes cousines, comme je la faisais à mon frère ou à mes cousins.

Enfin, au grand jour, car en primaire il m'est arrivé parfois de « coincer » en cachette quelques filles pour les embrasser furtivement, comme j'aurai marqué un cœur sur l'écorce d'un arbre.

Mais là, comme cela devant tout le monde, c'est la première fois.

Maryse est la fille d'un artisan de Nuits, elle me semble plus âgée que moi. Ses lunettes noires lui donnent l'air sérieuse : elle me fait penser à une gouvernante. Ce qu'il y a de sûr, c'est qu'elle ne me captive pas. Dommage pour une fois que quelqu'un s'intéresse à moi.

J'en profite pour demander qui est l'autre fille du groupe. Elle rit souvent, d'un rire clair et franc qui m'enchante.

Elle a vu que je parlais d'elle à Olivier, m'a souri et a repris sa conversation avec les autres.

Presque ma taille, mince, cheveux châtains aux épaules, vêtue d'un jean et d'un pull gris, je l'observe discrètement. J'entends qu'elle se prénomme Isabelle.

Ses formes ne sont pas très féminines et c'est tant mieux !

Je pense qu'elle devrait moins intéresser les autres garçons. Elle est elle même un peu garçon manqué selon moi. Comme ces femmes que je peux voir et que j'admire dans les films en noir et blanc : femmes de cow-boy ou indiennes pour qui John Wayne ou Gary Grant se sacrifient dans l'honneur.

Maintenant je le sais, mais sans jamais en avoir connu la raison, c'est pour une fille comme celle-ci que mon cœur existe ; et ses battements qui s'emballent à chaque fois que j'aperçois qu'elle regarde dans ma direction ne me trompent pas.

– Olivier, tu connais cette fille là ? Isabelle.

– Ben c'est la Soussou !…

– Pourquoi la Soussou ?

– C'est Isabelle SOUVIGNET, elle est de Vosne-Romanée.

Vosne-Romanée ! C'est juste à coté de chez moi ; j'aurai peut-être l'occasion de la rencontrer en dehors du collège.

A cet instant sournoisement mon destin vient de se sceller. Mes faits et gestes des années à venir n'auront qu'un seul but : accéder au cœur d'Isabelle. Ils m'enliseront dans les affres de l'amour.

Lorsque nous quittons l'école en fin de journée, par groupes nous rejoignons la place du marché de Nuits. C'est là que les transports scolaires nous prennent en charge et nous ramènent dans nos communes respectives.

Dans un des groupes qui me précède je reconnais la silhouette de la Soussou. C'est un bon point : cela veut dire que nous pouvons nous retrouver quelques instants chaque soir en attendant le bus.

Tout le long du chemin je me demande déjà comment je vais pouvoir l'aborder. Je ne sais même pas si je serai capable de lui adresser la parole.

Nous arrivons enfin au marché. Mais que dois-je faire ? Et que dire surtout ?! Je vais sûrement la déranger, et je ne connais pas ceux qui l'entourent.

Sans inspiration je m'assois sur un des bancs de pierre, peut-être aura t-elle l'occasion de s'approcher.

Mais non, son car arrive, et le mien juste après. Je la vois chercher une place, et au moment où elle va s'asseoir regarder par la fenêtre, m'apercevoir et me sourire alors que je rejoins mon bus.

Mon cœur s'emballe. Zut ! J'aurais dû l'approcher, lui parler ! Nos véhicules se suivent sur la route nationale 74 et stoppent tous les deux à l'arrêt de Vosne-Romanée.

Elle descend et je la vois prendre à droite en direction de la voie ferrée. Dans mon car qui redémarre je suis satisfait : je sais maintenant où se situe sa maison.

Nous sommes vendredi soir, il va me falloir attendre lundi pour peut-être la revoir au collège.

Je suis heureux ; de rien c'est certain, mais ce qui se passe en moi est un sentiment que je connais. J'ai l'impression que je vais pouvoir partager quelque chose avec la Soussou, elle ne m'aurait pas souri si je lui étais indifférent. Je ne me fais pas d'illusion, elle n'attend rien de moi, mais le destin l'a mise sur mon chemin, quelque chose va forcément se passer. Ce sentiment je le connais depuis mon très jeune âge. Il n'est pas entouré de bons souvenirs mais de déceptions inversement proportionnelles à l'âge du moment. Pour : ma monitrice, ma cheftaine, Anne et sa sœur, Elisabeth ; et maintenant…

Chagrins d'amours

Qui peut le croire ? Mon plus fort chagrin d'amour je l'ai subi alors que j'avais huit ans et que fait nouveau, j'étais forcé de quitter mes parents pour rejoindre avec ma petite sœur, une colonie de vacances dans le Jura.

Je conserve quelques souvenirs de ces jours passés en collectivité. Rien de mes camarades du moment, mais ma monitrice elle…Même si je n'ai plus le souvenir de son prénom.

En descendant du bus et en la voyant pour la première fois, parmi tout ce monde qui arrivait, j'ai cru me trouver face à ce qui aurait pu être une squaw, une indienne, et je faisais partie du groupe d'enfants qu'elle gérait.

Déjà à cet âge durant tout mon séjour, je me suis conduit comme un amoureux qui ne peut divulguer ses sentiments.

Elle m'aimait bien : forcément, je faisais tout pour l'aider, tout pour lui être agréable.

Je me souviens aussi qu'elle aimait cette petite fleur bleue que je nommais clochette et que l'on ramassait le long des chemins forestiers. Dès que je pouvais je passais mon temps à lui confectionner de petits bouquets que je lui apportais.

Souvent elle me tenait la main. Elle me consolait aussi quand l'absence de maman se faisait trop forte, et moi je l'admirais sans rien lui dire.

Puis vint le jour du départ, celui de la séparation. Sur la route du retour j'étais dans son bus, quelle chance ! Et bonheur suprême, j'avais pu m'asseoir sur le siège derrière le sien.

Tout le trajet je l'écoutais parler avec son amie cherchant à retenir encore un peu d'elle. Elle m'a encore adressé la parole, et puis à l'arrêt précédant celui où mes parents devaient m'attendre, je l'ai vue s'en aller. Elle s'est retournée pour m'adresser un poignant « Au revoir Max », et c'était fini, elle avait disparu.

Le bus a redémarré et je me suis mis à pleurer : du fond du cœur et à gros sanglots.

Son amie qui était encore là essayait de comprendre ce qui m'arrivait. Je ne comprenais pas moi même ce que j'avais.

En descendant du bus je me suis jeté dans les bras de maman en pleurant. Elle a pensé que cette visible émotion était due à nos retrouvailles. Je ne l'ai pas contredite.

Maintenant encore quand je vois ces clochettes, je repense à cette fille qui la première m'a laissé une vraie cicatrice au cœur.

Autre élan du cœur quelques années plus tard quand, chez les scouts dans la section des louveteaux de Nuits St Georges, j'étais silencieusement épris de ma belle cheftaine : grande brune aux longs cheveux.

Elle aussi un jour n'est plus revenue donnant à mon cœur d'être emporté par la vague d'un manque profond ; mais ma peine cette fois, intériorisée, fut moins longue à gérer.

Mon arrivée au collège suscita aussi quelques irruptions sentimentales.

Pour Anne une fille de ma classe. Amour que je tentais de garder secret, pour éviter que l'on se moque de moi. Elle était de Nuits, donc déjà intégrée dans un groupe, moi non.

J'essayais discrètement de lui faire connaître mes sentiments en lui déposant de petits mots dans les poches de son manteau. Elle a fini par me dire, un peu fâchée, qu'il fallait que j'arrête de poser des « papiers » dans ses vêtements.

J'étais très gêné, en classe cela se savait.

Quand j'ai rencontré sa sœur j'ai senti mon cœur de nouveau s'emballer, mais là je n'ai ni écrit ni évoqué mes sentiments. Je restais secret et la laissais s'éloigner sans rien tenter.

Elisabeth encore, ma partenaire de l'an dernier au groupe de théâtre du collège.

J'ai eu à jouer le rôle d'un voleur qui s'éprend de sa victime, mais pour moi il n'était pas de composition.

Au travers des dialogues qui parlaient d'amour, c'est par mon regard que j'essayais de lui faire comprendre que ces mots étaient aussi ceux de ma réalité. J'espérais qu'elle comprendrait ce que j'éprouvais pour elle, comme savaient le voir Greta Garbo ou Grace Kelly, dans les films que nous regardions à la maison. Mais là aussi j'ai manqué d'audace. De toute façon elle fréquentait des garçons plus âgés, je n'avais aucune chance.

Le week-end, il m'arrive de retrouver Olivier. Lui en mobylette moi à bicyclette ou en solex, nous traînons comme on peut le faire à la campagne, allant chez nos camarades, parfois au bal le soir venu.

Nous partageons aussi d'autres moments à écouter de la musique sur la chaîne stéréo que possède son frère, dans une pièce aménagée du soussol de leur maison.

Aucun de nous ne fume, nous ne parlons même pas de boire. Un jus de fruit parfois ou un monaco quand nous allons au café à Boncourt-Le-Bois.

Il nous est arrivé d'ouvrir une bouteille de vin « empruntée » dans la cave de nos parents, mais cela reste exceptionnel.

Avec Olivier les choses sont simples. Nous discutons musique et nous n'avons pas les mêmes goûts, ou encore de voyages. Il se voit globe-trotter.

Moi je ne vois rien, je ne sais déjà même pas vraiment d'où je viens.

Comme tous les dimanches soir, j'ai mal au ventre en préparant mon cartable. Je n'aime pas exagérément l'école, j'y suis mal à l'aise. Je préfère mes bois et collines des Hautes Côtes de Nuits.

Mais motivé par la pensée de revoir Isabelle, le reste m'importe peu.

Je m'observe dans le miroir : c'est vrai que je n'ai pas trop l'allure des garçons qui l'entourent.

Avec mon pantalon de velours vert bouteille, mes chemises bleues de l'armée de l'air cintrées au possible et mon caban, je n'ai rien de remarquable. Mais je me suis toujours apprécié tel quel, alors pourquoi changer ?

Lundi matin, je reprends le chemin du collège, serein mais soucieux de savoir si me sera donnée l'occasion de rencontrer Isabelle.

Une cour d'école ce n'est pas le monde à parcourir, mais franchir la barrière des groupes, c'est pour moi une autre affaire.

Comment vais-je l'aborder ? « Tiens bonjour, je suis content de te revoir, au fait tu habites Vosne ? » ou, « Ha ! Isabelle, tu es là, attends, j'ai quelque chose à te dire… ».

Non ! Je ne pourrai jamais. Je ne veux pas quelle se sente obligée de me parler…Elle le fera si elle en a envie.

La journée s'écoule, trop rapidement. Je scrute chaque coin de l'école aux récréations, mais je ne la vois pas. Pourtant elle est présente, je me suis renseigné.

J'arrive à rester concentré en cours bien que je tourne en rond dans mes pensées. Je sais que ce n'est pas bien, pourtant j'aimerais tant l'approcher, tant qu'elle m'accepte comme copain.

Comment font les autres dans ce genre de situation ? Je ne me suis jamais posé la question.

Olivier qui est plus « dégourdi » que moi dans le domaine des filles, doit savoir comment procéder. Si je lui demande, c'est sûr il va se moquer de moi.

Olivier et moi ne sommes pas dans la même classe, mais nous nous retrouvons aux cours de sport.

C'est là qu'il manifeste sa farouche envie d'être le meilleur à la course. Pour l'instant nous avons les mêmes résultats.

Cette rivalité stimulante nous permet de progresser, mais elle trouve son origine dans le fait qu'il ne supporte pas que l'on me fasse la remarque : « Ha ! Vous êtes le fils de l'instituteur… ».

Amicale rivalité bien sûr, mais mordante et parfois blessante.

Elle ne s'arrête pas qu'au sport : il pense être plus poilu que moi, signe évident de virilité pour lui, ou avoir déjà de la moustache et être plus musclé. Il possède une mobylette, moi une bicyclette.

Pour sûr, si j'aborde le sujet de l'approche d'une fille, il ne loupera pas cette occasion pour essayer de me rabaisser. Il faudra que je trouve, et sans aide.

A la fin de la journée je ne l'ai pas vue. Je suis déçu c'est certain, mais j'essaye de me raisonner.

Je me suis emballé tout seul, après tout, pourquoi me faire des idées comme cela ?

Je devrai freiner mon cœur, je sais trop ce que je risque : le silence, la déception, la peine.

Dans ces pensées que j'essaye d'ordonner, je comprends qu'il y a au-delà de mes sentiments naissants, une motivation nouvelle due à une situation géographique favorable.

En effet Isabelle habite à peine à deux kilomètres de chez moi, et Vosne n'a rien à voir avec Nuits. C'est un village comme le mien, et aucun groupe ne m'intimidera.

Le vent de la vie me pousse naturellement vers elle, je me laisserai porter.

Première approche

A la sortie de l'école comme chaque jour, je reprends la route du marché essayant d'apercevoir, devant moi, la présence d'Isabelle. Je suis un peu dépité, ce soir elle n'est pas là.

Les bus arrivent, je monte dans celui qui doit me ramener, trouve une place et attend le départ.

Le chauffeur descend, ce n'est pas habituel. Il s'adresse aux élèves qui surveillent l'arrivée des cars suivants, et un groupe le suit alors qu'il regagne sa place.

Parmi les garçons et filles qui passent la porte du bus, Isabelle apparaît. Je suis surpris de la voir, et avant que ma tension redescende, la voilà qui s'arrête à ma hauteur, me fait subir son petit sourire et me dit :

– Bonjour ! Je peux m'asseoir ici ?

– Bien sûr ! La place est libre.

– Il paraît que notre bus est en panne et nous devons tous prendre le même.

– Ha ! le trajet va être plus long alors.

– Tu descends où ?

– A Vougeot, et toi ?

– A Vosne-Romanée. Tu connais Olivier ?

– Oui ! Oui nous sommes copains, et le week-end, nous nous retrouvons parfois.

Le bus a pris la route, je regarde devant moi en cherchant quelque chose à dire.

Isabelle parle avec une copine qui est restée debout dans l'allée.

Je lui propose ma place qu'elle accepte.

Isabelle me remercie de cette attention et se lève à son tour.

– Nous arrivons, je vais descendre me dit-elle.

Mince ! Déjà ! Le chauffeur n'a pas changé l'ordre des arrêts, Vosne est le premier.

Elle descend, se retourne et me dit :

– Salut !

Je souris bêtement, je ne lui ai même pas indiqué mon prénom, et lui lance mon au revoir chargé d'espoir.

Dans l'allée du car je suis bousculé par les élèves qui veulent rejoindre la sortie.

Je reste volontairement debout, je n'ai pas envie de m'asseoir. Le bus reprend son circuit et s'engage dans la rue que vient de prendre Isabelle. Nous allons en direction de Flagey.

Nous la dépassons et je me retourne juste à temps pour voir dans quelle maison elle entre. Super ! Je sais maintenant où elle habite.

Demain matin j'aurai peut-être encore la chance de la voir prendre le même bus que le mien.

À la maison je repense à cet épisode trop court.

Pourquoi s'est-elle assise à côté de moi ? Il y avait de la place ailleurs.

Qu'ai-je dit ? Comment me suis-je comporté ? Je l'ai peut-être déçue !

C'est idiot tout ça, mais je ne voudrais pas avoir compromis ma chance de créer le contact.

Le lendemain matin je suis impatient de voir arriver le ramassage scolaire.

A Vougeot nous sommes les premiers à monter dans le car, et il y a assez de place pour que nous soyons un par banquette.

L'arrêt de Vosne est le suivant. Les élèves montent mais Isabelle n'est pas la première, et c'est un garçon qui s'assoit à mes côtés.

Elle est restée debout vers l'entrée et ne peut me voir, je suis caché par la masse humaine qui se dresse dans l'allée.

A l'occasion des virages de la route les corps s'inclinent sur le côté, je peux la voir parler avec une autre fille.

Ca y est nous descendons du bus. Moi à attendre que se vide l'allée car je suis dans les derniers. Une fois à l'extérieur je ne sais pas où est passée Isabelle.

Ce n'est pas grave, je la retrouverai plus tard. Je sais maintenant que je peux lui adresser la parole.

A l'entrée du collège je retrouve Olivier. Je lui raconte l'incident du bus qui hier m'a permis d'être prés d'Isabelle.

Entre deux banalités il me dit :

– Isabelle ! Je la connais bien. D'ailleurs samedi après-midi avec Thierry nous nous rendons chez elle pour faire un monopoly.

Les heures de cours passent. Comme chaque jour aux récréations je scrute la cour à la recherche de cette fille qui m'attire. Il n'y à rien à faire, je suis obsédé par la nécessité de l'approcher, de lui parler. Pourquoi n'est-elle pas là ? Ses camarades de classe sont visibles, mais elle non. Je me surprends entre deux cours à arpenter les couloirs de l'école pour essayer de la trouver. Il arrive parfois que certains élèves préfèrent rester à discuter là au chaud bien que cela soit interdit. Je ne le fais qu'une fois et furtivement. Je n'ai pas envie de ramasser une punition pour avoir circulé dans les locaux ; mais je suis conscient que pour une fille j'en suis déjà à enfreindre les règles que j'avais jusque là toujours respectées. Ce n'est pas bon signe. Je suis impatient que la cloche sonne la fin de la journée. Je pense que j'aurai l'opportunité de revoir Isabelle au marché, et c'est d'un pas un peu pressé que je remonte le chemin jusqu'à l'arrêt des bus. Seulement lorsque j'arrive je ne peux que constater qu'elle est absente, et je ne la vois pas plus lorsque le car nous emmène. Je suis déçu, mais je garde l'esprit clair et disponible pour le camarade qui, assis à mes côtés, me raconte la journée qu'il vient de passer.

Pourtant, une fois arrivé à la maison, enfermé dans ma chambre, j'ai du mal à me concentrer sur mon travail. Olivier lui, va la retrouver samedi.

Comme le vent sur la braise, la musique que diffuse radio Mont-Blanc active en moi mes sentiments naissants.

Je ne m'en aperçois pas encore, mais telle une brume qui se lève, je commence déjà à subir les tourments de l'amour.

Les jours de cette semaine sont longs à s'écouler. Je n'ai plus revu Isabelle depuis ce matin-là dans le bus, et je ne pose pas de questions à Olivier. Peut-être sait-il pourquoi on ne la voit pas, mais je ne souhaite pas qu'il puisse deviner que je m'intéresse à elle.

Lors des récréations, je continue de suivre mes pas : en lançant dans le ciel un objet pour le rattraper, ou le regard fixé sur mon livre de théâtre. Mais loin d'être concentré, tout en marchant pour m'assurer qu'elle ne vient pas d'arriver dans la cour, je repère du coin de l'œil les élèves qui font partie du groupe que fréquente Isabelle. Je me rends aussi compte que je ne sais même pas dans quelle classe elle est.

Je mets à profit son absence pour prendre de l'assurance en adressant un peu plus la parole aux filles de ma classe. Je dois vraiment me forcer ; elles rigolent toujours bêtement, et leur seul sujet de conversation se limite à comparer la beauté des « gars » qu'elles croisent ou voient à la télévision. Ca m'agace.

Ces temps ci, j'ouvre un peu plus les yeux sur ces demoiselles que je côtoie tous les jours, au collège et dans le bus, sans vraiment les voir.

Il faut dire que je m'intéresse plus aux livres d'aventures et à courir les bois qu'aux filles, comme le font les garçons de mon âge.

Moi, mon rêve n'est pas d'être accompagné par une belle copine, et encore moins de vanter mes succès sexuels, mais de vivre comme ces indiens que je vois dans les westerns.

Le cœur bon et simple, l'esprit en harmonie avec les être humains et la nature mère.

Comme eux aussi, je suis capable d'extrêmes résolutions.

Mes connaissances dans le domaine de la sexualité ne sont pas non plus très avancées. Je sais peut-être à peine embrasser. Pour le reste, je crois que je n'imagine même pas en quoi cela peut consister. Olivier lui, m'a raconté avoir déjà fait des trucs…

A la maison, je n'ai pas de grand frère, mais une grande sœur qui a huit ans de plus que moi, Lalane, et une autre plus jeune de seize mois, Gaby. Je n'ai donc pas l'occasion d'aborder ce domaine. Des discussions avec papa sur le sujet ? Encore moins ! D'ailleurs chez nous, nous ne parlons pas de ces choses-là, un tabou plane dessus.

Ma grand-mère de son vivant disait que ce qui avait rapport à la bagatelle était, avant le mariage, péché mortel.

Mais ce ne sont pas ses dires qui m'ont influencé. Si telle avait été ma décision, je serais passé à l'acte sans tenir compte de son avis. Mais bon, ce n'était pas le cas.

Nous ne pouvions pas compter non plus sur les films du soir à la télévision, le carré blanc est bien visible, et même sans cela, dès que les images montrent deux personnes qui s'embrassent un peu trop longtemps, il nous faut arrêter de regarder pour rejoindre nos chambres et aller nous coucher.

J'ouvre donc les yeux et regarde ces filles qui m'entourent. Pas une n'est aussi belle qu'Isabelle.

Il m'arrive parfois de croiser Anne ou Elisabeth. Je constate avec soulagement que je ne suis plus envahi par une bouffée d'émotion à leur approche. C'est récent, cela signifie que mon cœur a fait le vide.

C'était une vraie torture que de le subir emballé, le sentir remonter jusqu'à la gorge, et ne rien pouvoir dire. De ce côté je suis maintenant apaisé.

Je ressens bien cette nouvelle lumière qui brille en lui, mais elle n'est qu'une palpitation lointaine qui se fait à peine remarquer. Une lumière que l'on croit apercevoir au fond d'un tunnel ; pourtant il ne me semble pas très serein.

Olivier m'énerve un peu avec son monopoly chez Isabelle. Je me demande si déjà il n'a pas deviné que j'avais un faible pour elle.

Le restant de la semaine je n'ai pas eu plus de chance de la revoir, ni au collège, ni dans le bus.

A essayer de la retrouver, je me suis même surpris à être un peu inquiet. Je n'ai personne à qui me confier.

Je n'ai jamais eu dans mon entourage un ami avec qui je pouvais parler de mes soucis. Les garçons sont toujours dans la rivalité ; un jour ou l'autre ils profitent de vos faiblesses avouées.

Je me sens plus proche des filles qui ont une autre écoute, mais je leur fais encore moins confiance : elles se racontent tout.

A la maison j'ai longtemps partagé la même chambre avec ma sœur Lalane. De cette époque je me souviens très bien que parfois lorsque qu'elle venait se coucher, je l'entendais pleurer dans son lit. Elle essayait de se faire discrète pour ne pas me réveiller ou pour éviter que je la remarque. Pourtant rien ne m'échappait, je l'entendais et j'avais de la peine pour elle. Alors sous mes draps je pleurais sans rien dire.

Lalane aussi un jour a commencé à secrètement fréquenter les garçons.

A seize ans elle n'avait pas le droit de sortir seule de la maison. L'éducation du pays d'où nous venons n'autorise pas une jeune fille à circuler seule dans la rue. Parfois il arrivait que maman lui permette de s'absenter de la maison pour se promener à condition que je l'accompagne. J'avais huit ans. Ma discrétion était sans faille je crois ; Lalane pouvait avoir confiance en moi et notre complicité était totale. Mais elle n'est plus là, et sept ans se sont écoulés. Je ne sais pas si en la matière elle aurait pu me conseiller, mais je crois que si elle était présente je lui confierais mes états d'âme. J'ai envie de prendre une initiative. J'envisage de me rendre à Vosne-Romanée samedi après-midi. Je ne sais pas ce que je ferai mais cet objectif me permet de freiner les pensées qui dans ma tête tournent à vide et dans tous les sens. Après mes devoirs, après avoir fini d'aider à la maison, je suis prêt ce samedi après-midi pour partir à la conquête de Vosne-Romanée, et peut-être rassurer mon cœur. Je n'ose pas penser que je vais tenter de conquérir celui d'Isabelle. Le beau temps qui nous octroie sa douce chaleur de printemps rend cette sortie encore plus euphorique.

Mon plan est simple : comme j'ai repéré sa maison, je vais passer devant chez elle ou stationner dans sa rue avec l'espoir de la voir. Si l'occasion m'est offerte, je trouverai le prétexte pour l'aborder.

Pour mes parents cet après-midi je pars chez Olivier. Ce n'est pas tout à fait faux, je continuerai jusque chez lui si mon espoir ne se réalise pas.

Je quitte la maison sur ma bicyclette en passant par les vignes derrière le Clos de Vougeot. Ces routes secondaires, ces chemins de vignes, m'isolent des lieux trops fréquentés. Ils me font traverser une nature qui m'a toujours enivré et qui m'emporte dans des élans infinis de… de je ne sais pas quoi en fait.

Ce dont je suis certain, c'est qu'elle submerge mes sens par toute la beauté qu'elle exprime : dans ses coteaux et les bois qui les couvrent, alignés à perte de vue vers l'ouest, dans ses combes où serpentent les chemins que j'aime parcourir des heures durant, et qui plongent leur profondeur sur d'insondables mystères nés de mon imagination, dans ses vignes qui d'est en ouest s'étendent de part et d'autre de la route nationale, puisant dans la terre et le ciel les éléments qui fourniront aux hommes les fruits de leur ivresse, dans sa plaine qui au-delà des vignes s'étend vers l'est, où seuls la lisière de la forêt de Citeaux et quelques châteaux d'eau brisent l'élan de ses lignes vers l'horizon.

Tout cet univers qui est celui dans lequel j'ai grandi, m'élève vers quelque chose que je ne comprends pas encore à l'époque mais que je ressens déjà bien.

Emporté par cet élan et tout à l'excitation de ce qui risque de se produire cet après-midi, je ne réalise pas que les deux kilomètres cinq à parcourir sont « avalés » en un temps record sous mes coups de pédales.

Me voilà parvenu à destination, je m'arrête place de l'église. Je réfléchis encore une fois à ce que je vais faire. J'ai le cœur qui bat au rythme de mon angoisse grandissante et je me sens ridicule d'agir comme cela.

J'hésite entre rebrousser chemin et laisser les choses se faire naturellement, ou provoquer les événements. Mais je ne serais pas Max si j'étais passif.

Alors sur mon vélo je m'élance dans la rue qui descend le village jusqu'à la route nationale. Au panneau stop qui impose la prudence avant de traverser, j'observe la maison d'Isabelle.

Une dernière hésitation, un coup d'œil à gauche à droite, et j'aborde le cœur serré le terrain de ma première conquête.

Ca y est, j'ai franchi le cap de mon incertitude. Je suis arrivé dans cette rue que je scrute depuis tous ces jours lorsque le bus qui nous transporte arrive à sa hauteur, sans que jamais je puisse apercevoir Isabelle.

Maintenant il me faut faire quelque chose, mais quoi ?

Je pédale aussi doucement que je peux en passant devant sa maison. Il est quatorze heures trente, je devrais voir dans la cour une ou deux mobylettes, dont celle d'Olivier.

Je m'efforce de scruter au travers du grillage qui borde les lieux une présence ou quelque chose qui me donne une indication, mais je ne vois rien et n'entends personne.

Je me doute que pour un monopoly c'est à l'intérieur que doivent se trouver Isabelle et ses invités, mais j'espère que quelqu'un que je connais sera là dehors, me remarquera et m'arrêtera.

Ma bicyclette va trop vite, la rue est en pente douce. J'ai beau, les mains sur les freins, essayer de la ralentir, je suis passé trop rapidement pour arriver à quoi que ce soit.

Le nez dans mon guidon, je n'imagine pas que cela soit déjà fini. Le bout de la rue approche, je vais devoir, c'est évident, refaire un passage.

Je m'arrête de pédaler après le petit pont de la voie ferrée. Devant moi s'étendent les vignes de la plaine. Plus loin encore se devine la maison d'Olivier, et dans mon dos, le chemin à parcourir de nouveau pour arriver jusqu'à la maison d'Isabelle, si j'en ai le courage.

Je ne me donne pas le temps de réfléchir. Je fais demi-tour, je descends de ma bicyclette que je pousse à la main en remontant la rue. Je me compare à Bourvil en panne de vélo et me sens un peu ridicule.

Mon cœur accélère son rythme, sur ma gauche approche la maison d'Isabelle qui me paraît toujours aussi vide de présence.

Du coin de l'œil je perçois de l'autre côté de la rue un mouvement dans la cour de la maison d'en face. Je ralentis encore, j'appuie mon vélo contre un mur de clôture, me baisse comme pour attacher mon lacet, et tourne la tête pour regarder qui arrive.

– Bonjour ! me dit une voix féminine.

Je me redresse et constate que s'est arrêtée à ma hauteur une jeune fille, brune aux cheveux courts, d'allure énergique, qui me sourit franchement.

Je réponds d'un bonjour qui se veut ferme, alors que j'ai l'impression d'avoir la langue desséchée.

– Tu cherches quelque chose ? me demande-t-elle tout sourire.

Je n'avais pas prévu cette intervention extérieure. Je me donne le temps de réfléchir à ce que je vais dire en prenant ma bicyclette qui est toujours appuyée contre le mur.

– En fait, j'arrive de Flagey où mon copain n'est pas chez lui. On m'a dit qu'il serait peut-être ici chez Isabelle. J'essaye de voir s'il est là.

Son sourire s'est agrandi.

– Si tu cherches de ce côté tu ne risques pas de le trouver. Isabelle habite là !

Elle me désigne la maison d'où elle vient de sortir. Devant mon apparente surprise elle me précise :

– De ce côté c'est ma maison, j'habite en face de chez elle.

– Ah ! Je suis étonné ! J'ai cru qu'elle habitait ici car lorsqu'elle descend du bus après l'école, c'est là que parfois je l'ai vue se diriger.

– C'est normal, elle passe souvent par chez moi avant de rentrer chez elle.

Je regarde plus précisément les abords de la maison d'Isabelle mais je ne vois pas plus de mobylette ou de présence.

– Mon copain Olivier Bonnot devait venir faire un monopoly chez Isabelle. Sais-tu s'il est arrivé ?

– Olivier Bonnot ?! Je le connais, il passe de temps en temps, mais aujourd'hui il n'est pas là. C'est vrai qu'il y avait un monopoly d'organisé chez Isabelle, mais elle est malade depuis une semaine. Donc personne n'est venu.

– Ha !... c'est pour cela alors que je ne la voyais pas à l'école !

– Oui cette semaine elle n'y est pas allée. C'est d'ailleurs Olivier qui lui apportait ses cours.

Voilà qui fait beaucoup de nouvelles à gérer. Positives : je sais exactement où elle habite, et je comprends mieux pourquoi je ne l'ai pas vue au collège.

Négatives : Olivier a l'air de bien la connaître, et je n'aurais pas l'occasion par son intermédiaire d'approcher Isabelle aujourd'hui comme je pensais le faire.

– Tu es aussi dans la classe d'Isabelle ? me demande t-elle.

– Non je suis au collège mais pas dans sa classe. Nous nous sommes parlés quelques fois pendant le trajet jusqu'au collège. Et toi, tu es une de ses copines ?

– Oui, mais surtout sa voisine et son amie. Jc m'appelle Christelle. Tu veux passer lui dire bonjour ?

Mais que me demande t-elle ?! Ca va un peu vite pour moi. J'ai du mal à suivre ce qui se bouscule dans ma tête et j'ai un peu l'impression de répondre malgré moi.

– Je ne veux pas la déranger ! Elle n'a peut-être pas envie d'avoir de visite.

– Tu sais, depuis une semaine à part moi elle ne voit personne. Tu ne m'as pas dit ton prénom.

– C'est exact, je m'appelle Max, j'habite à Vougeot.

– Viens allons la voir.

Alors que Christelle retourne chez Isabelle, mon cœur s'emballe, j'ai l'impression qu'elle peut l'entendre, j'hésite à la suivre.

Elle se retourne, me sourit en me disant :

– Viens n'aies pas peur !

Comment ça ?! Je n'ai pas envie qu'elle croit que j'ai peur !

Je traverse la rue à sa suite, appuie et laisse ma bicyclette contre le mur. Nous avançons dans une avant-cour de gravier blancs sur laquelle donnent les fenêtres de ce que je pense être la cuisine et la salle de la maison. Les pièces de vie semblent situées à l'étage, au-dessus du rez-de-chaussée qui doit être le garage.

J'ai le trac et l'impression que l'on me regarde arriver.

Christelle passe devant l'escalier extérieur, ne l'emprunte pas et continue en direction de ce qui semble être l'entrée du garage, ouvre une porte, et je me retrouve derrière elle dans le sous-sol de la maison.

Je m'arrête indécis, conscient que je n'ai pas été invité dans ces lieux, et terriblement gêné.

Christelle m'invite à la suivre dans l'escalier qui monte vers l'étage, mais je refuse. Je préfère attendre qu'elle annonce ma présence et revienne me chercher si je ne gêne personne.

Je la perds de vue, j'entends une porte que l'on ouvre, referme, puis plus rien.

Je regarde autour de moi. Je suis entouré de tout ce que l'on peut rencontrer dans un tel endroit. Une buanderie jouxte la montée d'escalier.

A l'opposé, dans un coin de la pièce je vois du bois sculpté. J'ai toujours eu envie de travailler le bois. Je ressens la noblesse de ce matériau, enivrant par les odeurs que dégage sa matière que l'on travaille. Il produit sur moi le même effet que la nature que je contemple lors de mes promenades. Il doit y avoir une logique à cela.

Je ne peux m'empêcher de caresser la fibre de ces quelques morceaux de bois qui n'ont pourtant rien d'extraordinaire. Il s'agit certainement des pièces d'un bout de charpente, mais ils ont détourné mon attention de l'escalier.

Quand je me retourne, je suis surpris de me trouver face à Christelle et Isabelle. Je ne les ai pas entendues venir.

– Heu !…Bonjour, je regardais ces morceaux de bois, je ne vous ai pas entendues arriver.

– Bonjour. Christelle m'a dit que tu ne voulais pas monter ? lance Isabelle.

J'ai de grandes difficultés à ne pas rester bloqué à la regarder. Elle est là, près de moi, vêtue de son jean et de son pull gris comme la première fois où je l'ai vue. Si prés que je pourrais la toucher en levant la main.

Son visage encadré par ses cheveux défaits, est éclairé par un franc sourire qu'illuminent ses yeux bleus. C'est la première fois que je peux vraiment la contempler ainsi.

Pourtant je détourne rapidement mes yeux des siens. Mon cerveau n'arrive pas à suivre le rythme de mon cœur.

Je regarde Christelle : j'ai du mal à maîtriser l'emballement de mon cœur, mais je m'efforce de ne rien laisser paraître de mon trouble.

Je n'ai pas pensé que les événements iraient si vite : je le souhaitais, mais je me rends compte que je ne m'y étais pas préparé. Isabelle ne me connaît pas, et je pense que de mon attitude en cet instant va dépendre la façon dont elle va me considérer.

Je ne vais pas lui dire que je viens pour elle, cela ne se fait pas, et je risque de la « bloquer » dans une opinion négative si je joue au dragueur.

Les mains dans les poches en fausse décontraction, je réussis à faire passer un peu de salive sur ma langue pour dire aussi clairement que possible :

– En fait je reviens de chez Olivier, et en passant par ici je vérifiais s'il était présent chez toi.

Enfin... je ne voulais pas entrer ; mais depuis la rue j'essayais de voir si sa mobylette se trouvait dans ta cour. Il m'avait dit que ce samedi il venait jouer au monopoly ici.

Christelle que j'ai croisée m'a conduit jusque-là après que je lui ai expliqué que je ne t'avais pas vue cette semaine au collège. Je vais reprendre ma route retourner chez Olivier, mais je suis content de te voir.

– Tu m'as cherchée cette semaine ?! Il y avait quelque chose que tu voulais me dire ?

– Heu… rien de spécial ; mais j'aime bien parler avec toi sur le trajet de l'école ; tu souris tout le temps.

– Ha bon ?! me lance Isabelle étonnée et toute souriante.

Mais qu'est ce qu'elle est belle. Mon cœur va éclater dans ma poitrine. Pourquoi est ce que je la trouve si belle ? Je ne peux rien discerner de particulier et je n'ai pas la force de l'observer mieux, mes tempes battent trop fort et ma vision se brouille un peu.

Christelle qui est à ses cotés, est un peu plus petite mais elle fait « plus femme ». Il n'y a pas besoin de l'observer bien longtemps, ses formes sont plus de nature à plaire aux hommes.

Isabelle a un physique plus discret, mais à mes yeux cela n'a aucune importance : je n'ai jamais détaillé le physique des filles.

Les gens, je les perçois au travers de leurs yeux.

Ils sont les fenêtres de l'âme. Ce que j'en perçois résonne en moi comme le son d'une cloche dont le timbre sonne juste ou non.

Dans les yeux d'Isabelle je suis comme sur une patinoire, sans contrôle, je n'ai rien pour m'agripper. Ce qui en sort résonne plus fort que tout ce que j'ai connu.

Dans ses yeux mon cœur devance mes yeux et ma raison. C'est un dialogue effréné que nos deux âmes à notre insu ont établi. Elle n'en est pas consciente sûrement, et tant que je ne saurai pas le contraire je dois garder une neutralité apparente.

Mieux vaut un dialogue secret entre nos deux cœurs que de perdre l'accès à ses yeux.

Sa famille

– Oui tu es souriante et je te trouve plus intéressante que les filles que j'ai l'habitude de rencontrer. Alors partager un peu sur le chemin de l'école me plaît bien. Bon, je ne vais pas traîner, Olivier doit m'attendre quelque part.

– Mais tu pensais qu'il était là ?...me reprend Isabelle.

– Oui c'est vrai, je m'embrouille un peu. Donc puisqu'il n'est pas là je vais continuer ma route. Tu reprends l'école lundi ?

– Oui, je n'ai plus rien, je vais bien. Tu veux monter un peu ? Cela ne me dérange pas.

– C'est... que cela me gêne, tu étais certainement occupée.

– Non ! Je viens de terminer ce que je faisais avec Christelle.

Christelle qui était toujours là en profite pour nous laisser :

– Oui, et il faut que j'y aille, ma mère doit m'attendre.

A une autre fois peut-être, au revoir.

Isabelle prend la direction de l'escalier et me demande de la suivre. Je ne bouge pas, je reste indécis, elle insiste.

– Allez viens, tu veux te faire prier ?

Je cède. Elle n'a pas l'air de se forcer ou de m'inviter par politesse. Ca serait la pire des choses à me faire : me laisser croire ce qui n'est pas.

Je monte les marches derrière elle et nous arrivons à l'étage dans le couloir de la maison.

Je franchis la porte de l'escalier quand arrive sa maman.

C'est une grande femme qui semble énergique. Elle m'adresse un « bonjour » accompagné d'un sourire aussi franc que celui de sa fille, je me sens tout de suite à l'aise. Je me permets d'ajouter pour Isabelle :

– Je comprends d'où vient ton sourire. »

Madame Souvignet répond par un compliment mais je ne saisis pas ce qu'elle dit.

Elle est déjà dans sa cuisine et me demande après qu'Isabelle m'ait présenté :

– Tu veux boire un chocolat chaud ou autre chose ?

Cette soudaine convivialité me surprend et me gêne. Chez nous nous n'avons pas l'habitude de proposer ou partager immédiatement avec les gens que nous voyons pour la première fois. Dans ce domaine chez moi c'est plus du genre : méfiance, voyons d'abord de qui il s'agit et ce qu'il veut.

Isabelle me repose la question à laquelle je réponds : chocolat. Elle me soulage de mon blouson qu'elle va déposer dans sa chambre.

Je rejoins madame Souvignet dans la cuisine.

Comme je le pensais en arrivant, ce sont bien les fenêtres de cette pièce et celle de la salle à manger qui donnent sur la cour côté rue.

Alors que je m'assois le long de la table au bout de la banquette, je remarque dans la salle à manger la présence d'un garçon qui semble être plus âgé qu'Isabelle.

Il n'a pas levé la tête à mon arrivée, ni dit bonjour. Hum… je dois quand même déranger. Il est penché sur des livres et des cahiers.

Madame Souvignet qui a suivi mon regard me dit :

– C'est Mikaël, il révise ses cours. Il ne faut pas faire trop de bruit. Dis-moi, tu t'es perdu pour arriver ici ?

– Pas vraiment madame. En fait je cherchais un copain, Olivier. Il m'avait dit qu'il serait ici cet après-midi.

– Es-tu aussi dans la classe d'Isabelle, comme Olivier ?

Isabelle qui nous a rejoint s'est assise à côté de moi, elle me regarde.

Je jette mes yeux au fond de mon bol, un peu de répit pour mes émotions le temps de boire mon chocolat. Je ne savais pas qu'Olivier et Isabelle étaient dans la même classe. Pourquoi ne me l'a-t-il jamais dit ?

Pendant ce temps la porte de l'escalier s'ouvre sur une fille de même allure qu'Isabelle, mais en bien plus brune. Je la compare à Carole Laure à qui elle ressemble, mais elle me fait aussi brièvement penser à mon premier amour : la monitrice.

Elle se prénomme Danielle, sœur d'Isabelle, très souriante aussi. C'est sûrement un trait de caractère de cette famille.

Elle me lance un jovial bonjour en passant et s'en va rejoindre Mikaël dans la salle à manger.

Madame Souvignet qui remarque que je ne la connais pas, me précise que ses enfants sont au nombre de quatre, et qu'il me reste à rencontrer Claudine et Patrick.

Ses paroles résonnent comme une autorisation à revenir, j'en suis très heureux. Mon bol reposé je lui réponds :

– Non, je ne suis pas dans la classe d'Isabelle. Chez nous aussi nous sommes quatre : j'ai deux sœurs et un petit frère.

Madame Souvignet a posé sur la table des légumes qu'elle commence à éplucher. J'en profite pour me lever, il me faut partir, j'ai l'impression de m'imposer.

– Madame je vais vous laisser ; merci pour le chocolat c'est gentil de me l'avoir proposé.

– Ho ! s'exclame t-elle. Tu sais, c'est parce que j'allais m'en faire un aussi !

– Isabelle, je reprends ma route pour Flagey. On se revoit lundi peut-être.

J'attends devant la porte des escaliers qu'elle revienne de sa chambre où elle est allée chercher mon blouson. Nous descendons les marches ensemble, moi devant et en silence. Arrivé au sous-sol je me retourne et lui tend la main avant d'ouvrir la porte. Le sourcil droit relevé elle me fait remarquer :

– As-tu oublié ce que t'a dit Olivier l'autre jour ? Les filles on leur fait la bise.

Elle ne bouge pas et son sourire en coin me fait comprendre qu'elle attend que je me conduise comme les autres garçons.

En guise d'excuse je lui dis :

– Tu sais chez nous la bise correspond plus à l'expression visible d'un lien qui rapproche deux personnes, qu'à une poignée de main.

– Ha bon ! Tu ne veux pas alors ?

C'est maintenant elle qui me tend la main.

Quel idiot je fais ! Heureusement, il me semble passer en pilote automatique. Le dialogue muet de mon cœur avec le sien m'encourage à passer au-delà de mes habitudes.

Je ne comprends rien à ce qui se passe, à ce qui me pousse.

Je me vois au ralenti, lui prendre sa main et m'avancer pour poser sur sa joue une délicate bise dans laquelle je voudrais qu'elle ressente l'expression de toutes mes émotions.

Je lance un : « A la prochaine ! » dans lequel mon cœur essaye de m'imposer l'expression de sentiments plus voyants. Pourtant je reste son maître, et tout en le domptant je laisse derrière moi Isabelle en refermant la porte du sous-sol.

Me voilà à l'extérieur. J'ai envie de courir, sauter, mais on pourrait m'observer depuis les fenêtres de la maison. C'est donc d'une démarche qui se veut assurée que je quitte le territoire de ma première victoire. Je retrouve ma bicyclette où je l'avais laissée.

Alors que je l'enfourche, j'aperçois de l'autre côté de la rue Christelle qui depuis la cour de sa maison me fait un au revoir de la main. Je ne lui réponds que d'un petit signe.

Il serait mal venu qu'Isabelle me voit et pense que je ne fais pas de différence entre elle et son amie.

Je reprends la route de Flagey avec l'objectif de trouver Olivier. Je ne lui raconterai pas ce que je vis en ce moment, mais je l'informerai qu'en le cherchant je suis allé chez Isabelle.

Pendant que je pédale, l'air qui me caresse le visage me laisse ressentir le bonheur de vivre.

Je roule le regard dans le vague, mais débordant de toute la beauté que le paysage traversé m'envoie. Le plaisir des yeux est à l'unisson de mon cœur qui, dans son espace intime, anime une fête discrète.

Pourtant dans la cohue de mes pensées qui essayent de gérer, classer et analyser ce que je viens de vivre, surgit un signal de prudence.

Comme l'entrée discrète d'un ver dans une pomme qui peu à peu gâte le fruit, il jette un voile de doute dont l'importance fait taire la fête qui battait son plein.

J'arrête de pédaler et laisse mourir la vitesse de mon vélo pour m'arrêter pensif au bord de la route. La maison d'Olivier est en vue, mais je ne vais pas plus loin. Je prends une autre direction pour rejoindre Vougeot.

L'engrenage de mes pensées manque soudain d'huile. Il se grippe sur une interrogation : pourquoi Olivier ne m'a t-il pas dit qu'il était dans la classe d'Isabelle ? Pourquoi ne m'a t-il pas dit qu'elle était malade cette semaine ?

J'arrive dans le parc de Vougeot. Dans les bois qui l'entourent, j'ai un coin « à moi », sous un grand acacia entouré de buis. J'aime me retrouver dans cet endroit où le calme et les parfums environnants m'ont toujours comblé.

Je m'étends sous cet arbre les mains croisées sous la tête. Je ferme mes paupières, je me laisse enivrer par le plaisir d'être ici.

C'est en sursaut que j'ouvre mes yeux. La lumière du jour a baissé, j'ai dû m'endormir un peu, calmant ainsi la bataille qui naissait en moi.

Je retrouverai Olivier lundi, et je saurai lui poser les bonnes questions. Demain dimanche je ne pourrai pas retourner chez lui ni à Vosne-Romanée, un repas de famille nous attend à Pontailler. Et si Olivier était amoureux d'Isabelle ? N'est-ce pas pour cette raison qu'il évite de me parler d'elle ? Pour m'empêcher de mieux la connaître, de l'approcher ?

C'est un beau dimanche de mai, nous roulons en direction de Pontailler Sur Saône dans la Simca que conduit Papa. Seulement il me tarde déjà d'être de retour.

Ces repas de famille commencent à me peser, je préférerais être avec mes copains.

Là il me faut patienter à l'arrière de la voiture avec ma sœur et mon frère plus jeunes, prendre mon mal en patience.

Cela n'empêche pas que j'ai aussi le sens de la famille. Il y a longtemps que j'ai compris que la notre dans son ensemble est particulière.

Tous mes camarades ont de nombreux cousins, ont encore plusieurs grands-parents vivants, et connaissent les lieux où ont vécu leurs aïeux. Chez nous le groupe familial est limité à mes parents, mes frères et sœurs, et mon oncle ma tante, mes deux cousines et mon cousin.

A l'indépendance du Maroc dans les années soixante, après avoir quitté forcés un pays natal, nous sommes ce que l'on appelle des pieds-noirs. Mes aïeux ne sont pas d'ici, mais d'un pays que je découvre au travers de ces réunions de famille lorsque parfois, dans leurs conversations, nos parents reviennent sur leur passé. Je profite de ces instants pour comprendre, imaginer et construire l'histoire de la vie de mes ancêtres.

Ma grand-mère maternelle, la seule de mes grands-parents que j'ai connue, est décédée lorsque j'avais dix ans.

Je l'aimais beaucoup, et d'y penser me fait encore monter aux yeux les larmes de la peine. J'étais trop petit pour lui poser des questions sur leur vie « d'avant ».

Quelques photos en noir et blanc complètent l'idée que je me fais du pays où je suis né. Certaines présentent de vastes paysages arides et sauvages.

Elles ont marqué mon esprit. C'est peut-être pour cela que mon côté « indien » à dû naître, comme mon besoin de montrer que j'existe. Gaby et Francis eux sont nés en France.

Mais aujourd'hui j'ai la tête ailleurs. A table ma tante me fait remarquer que mon air absent et pensif me donne l'air d'un amoureux. En rougissant je réponds qu'elle se trompe, ce qui par mon manque de crédibilité fait rire tout le monde

La journée est encore plus longue que d'habitude, mes cousines et cousin, plus âgés que moi, ne restent pas après le repas.

La télévision, les livres ou les jeux de société, parfois regarder un des nombreux films réalisés par mon oncle avec sa caméra super8, sont les seules occupations de ces moments en famille quand les adultes restent entre eux et que nous avons eu l'autorisation de quitter la table.

Aujourd'hui elles ne suffisent pas à m'occuper l'esprit : je suis impatient.

En fin de journée sur le chemin du retour, maman me dit que je devrais travailler pendant les mois d'été, cela me permettrait de gagner un peu d'argent. Elle m'apprend qu'elle a déjà fait les démarches pour vérifier si je pouvais obtenir une place dans une fabrique de cassis à Gilly.

Voilà une nouvelle qui va perturber mes habitudes. Gaby me dit :

– Tiens, tu ne vas pas venir en vacances avec nous alors ?

Etonné je demande :

– Vous allez me laisser seul à la maison ?

– Tu es assez grand pour te débrouiller maintenant, me répond maman. Tu vas avoir quinze ans. Tes copains aussi travaillent pendant les vacances.

Que d'événements ces temps-ci !

Après avoir découvert l'existence d'Isabelle, voilà qu'un projet de travail estival va perturber mes habitudes. Je ne me suis pas préparé à cette transition. Je vais devoir entrer dans un monde d'adultes où je n'ai aucun repère. Ma seule expérience du travail se résume à un ou deux week-end de vendanges, et elle n'est pas heureuse.

Lundi matin je retrouve Isabelle dans le bus. Plus exactement c'est elle qui vient s'asseoir près de moi. Nous nous disons bonjour sans nous toucher. Elle engage la conversation et me demande si je suis bien rentré après être parti de chez elle.

Sans le savoir elle me fait plaisir en me rapportant que sa maman me considère comme un garçon bien, poli.

Moi je lui apprends les derniers évènements relatifs à un futur emploi cet été.

Elle trouve cela génial. Elle sait qu'Olivier a travaillé l'été dernier dans la fabrique de cassis de Gilly, et se demande si ce n'est pas là aussi que je vais aller. Nous nous séparons à l'entrée du collège.

Une étrange impression m'habite, j'essaye de la déchiffrer, mais elle passe, je l'oublie.

Olivier a rejoint sa classe, je l'aperçois sur les rangs avant d'entrer en cours. Il parle à Isabelle.

Aujourd'hui il y a sport. Ma classe et celle d'Olivier sont réunies durant ces heures. Pourquoi n'ai-je jamais auparavant remarqué la présence d'Isabelle ?

Lorsque nous nous rassemblons pour rejoindre le gymnase, je prête attention au rang des filles. Effectivement elle est là aussi.

Olivier viens vers moi avec me semble t-il, un air moqueur.

– Alors, tu me cherchais samedi ?

Qu'est ce qu'il essaie de me dire ? Que je ne suis pas allé jusque chez lui où je l'aurais trouvé ? Que j'ai utilisé ce prétexte pour aller voir sa copine ?

Alors que nous entrons au vestiaire, mon professeur de gym me demande de venir l'aider ; je laisse Olivier.

Je reviens pour passer ma tenue de sport, Olivier m'a attendu alors que les autres sont déjà dans la salle. Tandis qu'il me regarde je lui demande si tout va bien. Pour toute réponse il me demande de contracter le muscle de mon épaule.

Pfff !... Qu'est-ce que c'est que ça encore ? Je la lui montre, mais je ne sais pas à quoi correspond « contracter l'épaule ».

A son tour il soulève la manche de son tee-short et me fait voir la différence avec son muscle qui va de son coude à l'épaule et qu'il trouve plus développé que le mien.

Je clôture cette séance en répondant par un : « c'est bien », sans savoir en fait ce qu'il y a de bien. C'est vrai les muscles de son bras sont mieux dessinés que les miens, et alors ? Grand bien lui fasse...

Dans la salle nous retrouvons nos camarades. La séance va commencer par le grimper de corde chronométré.

Le cœur battant, je vois qu'à l'autre bout du gymnase les filles vont faire la même chose. Isabelle est là. C'est mon tour de passer l'épreuve. Nous grimpons par deux et comme toujours Olivier et moi sommes partenaire dans cet échange compétitif. Le prof va donner le départ, Olivier qui joue de son bras me regarde le sourire en coin.

Top c'est parti ! Je m'élance avec l'envie d'arriver le premier, je pense que peut-être Isabelle nous observe.

Je rassemble mes jambes, tire sur mes bras, en rythme, en accélérant et sans bavure. Top ! Je touche déjà la ligne noire en haut de la corde. Olivier aussi ; fin du chrono.

Je crois que nous sommes encore arrivés ensemble. Je descends en voyant qu'Isabelle regarde dans notre direction, je ne me presse pas. Olivier est au sol avant moi. Les temps sont annoncés.

J'ai une seconde d'avance sur lui, et Isabelle a entendu. Là, c'est moi qui jubile. J'essaye de ne pas trop le montrer.

En fin de séance le prof, qui devine notre amicale rivalité et qui connaît mon côté effacé, me dit :

– Meilleur temps, c'est bien !

La sensation étrange que j'ai eue en entrant au collège est réapparue. Cette fois j'arrive à identifier sa signification.

Je crois deviner qu'Olivier me reproche quelque chose. Je ne veux pas lui faire défaut ni lui laisser penser que je trahis sa confiance, et je n'attends pas pour éclaircir la situation. Nous sommes à l'extérieur de la salle de gym. Après la séance de sauts en longueur et le relais qui est ma course de prédilection, nous avons du temps libre en attendant que tous les groupes soient passés.

Avec Olivier nous nous mettons à l'écart pour faire quelques séries d'abdominaux sous le regard moqueur, curieux ou envieux des autres garçons. Je l'ai un peu initié au karaté, et ces exercices sont complémentaires à son entraînement.

Alors que nous battons des jambes, je lui demande si j'ai fait quelque chose qui lui déplaisait.

Concentré sur son effort abdominal il ne me répond pas.

Du coup je lui demande pourquoi il ne m'a jamais dit qu'il était dans la classe d'Isabelle, et pourquoi ne pas m'avoir informé sur les raisons de son absence la semaine passée.

J'attends. Il termine son exercice, s'allonge sur le coté appuie sa tête sur sa main relevée pour enfin me répondre :

– La Soussou depuis que je suis dans sa classe est une bonne copine. On rigole bien ensemble, parfois on se retrouve le samedi chez elle. Il n'y a rien que j'ai voulu te cacher mais j'ai bien remarqué que tu lui portais plus d'intérêt que moi je lui en porte.

L'autre semaine après que je t'ai présenté Maryse, la Soussou m'a aussi demandé qui tu étais. J'ai un peu réagi en égoïste, je n'avais pas trop envie de la partager avec toi.

– Dis donc comme tu y vas ! Ca ne voudrait pas plutôt dire que tu es amoureux et que tu me vois comme un rival ?

– Quoi amoureux de la Soussou ?! Sûrement pas ! Elle est trop plate…

Bon sang ! Je suis choqué que l'on puisse ainsi parler d'une fille. En plus il lie les sentiments au physique.

– Olivier, ce n'est pas le physique qui compte ! C'est ce que tu éprouves dans le partage avec une personne qu'il faut retenir. Moi, je la trouve belle.

– Regarde !

Il me montre du regard Véronique, une autre fille de sa classe.

– Ca c'est une belle fille : des formes partout. Tu as peut-être raison, mais quand tu embrasses une gonzesse ce qui compte c'est ce que tu as dans la main !

J'essaie d'imaginer la situation qu'il me décrit, mais cela ne correspond à rien que je connaisse, et je trouve cet état d'esprit irrespectueux de la femme.

De l'autre côté de la piste, j'aperçois Isabelle qui discute avec ses copines. Je la compare à Véronique qui passe à proximité. Non vraiment cela n'a rien à voir. Aucune n'est aussi belle

qu'Isabelle !

Plus précisément, je lui demande.

– Olivier, as-tu une copine ?

– En ce moment peut-être… et toi ?

– Non ! Enfin je ne crois pas.

– Tu n'arrêtes pas de parler de la Soussou en ce moment.

– Oui peut-être, c'est parce que je ne la connaissais pas et que je la trouve sympathique. Donc toi tu as une copine ! Tu m'as répondu peut-être. Je peux savoir qui c'est ?

– …Elle habite en face de la Soussou.

– Christelle ?

– Oui, on s'entend bien et on se voit de temps en temps.

– Tu ne vois donc pas d'inconvénient si parfois je me retrouve avec Isabelle ?

– Tu fais ce que tu veux… Je ne suis pas ta mère.

Je stoppe là mes investigations. Si Olivier me dit que cela ne le dérange pas, je le crois.

Je sens comme un poids en moins sur mes épaules, mes scrupules non fondés disparaissent.

Nous quittons notre place pour rejoindre le groupe de filles. Nous rigolons ensemble avec elles des bêtises que chacun raconte avant que le prof nous demande de réintégrer notre groupe de travail.

La journée déroule ses heures, et moi je suis sur un nuage. Je n'ai pas eu l'occasion de revoir Isabelle, et le soir le bus de ramassage qui était en panne ayant repris du service, chacun dans le nôtre nous n'avons plus l'occasion d'être ensemble.

Je rentre à la maison heureux du dénouement de ma conversation avec Olivier. Maintenant j'ai l'esprit libre d'agir comme bon me semble.

Dans ma chambre, porté par les musiques que diffuse la radio, je reste pensif.

Je m'interroge sur les suites que je dois donner à mes actes pour parvenir à fréquenter durablement Isabelle. En fait j'essaye de faire le point sur ma situation, j'ose à peine dire : « mes sentiments ».

Dans quelle spirale suis-je absorbé depuis ces dernières semaines ? Je vois bien que mes préoccupations sont centrées sur Isabelle ; je ressens bien dans mon cœur ces emballements, ces inquiétudes. Cela correspond trop à ces souffrances passées.

Même si j'essaye de me convaincre du contraire : de me convaincre qu'Isabelle me plaît bien uniquement parce qu'elle est sympathique, a une allure qui correspond au style de fille, de femmes que j'apprécie, je dois me plier à la réalité de mes sentiments naissants.

En fin de compte je ne peux nier l'évidence : je suis amoureux de la Soussou.

Malgré ce constat, j'essaye de refuser cette idée. Je ne me sens pas prêt pour gérer cette situation.

Je ne me sens pas à la hauteur ; mais à la hauteur de quoi ?

Etre amoureux c'est bien, mais pouvoir partager cet état avec la personne aimée c'est encore mieux. Je comprends à cet instant qu'il va falloir que je dépasse ce que j'ai connu jusqu'à maintenant.

J'imagine qu'une fille soit soudainement amoureuse de moi : je ne crois pas que pour autant j'éprouverais les mêmes sentiments pour elle. Et si elle venait à m'en parler je n'aurais pas d'autre solution que de lui dire : « C'est gentil, mais désolé cela ne m'intéresse pas. »

J'imagine que c'est ainsi que doit me voir Isabelle, et je ne peux lui imposer mes sentiments. Au contraire, si je veux que notre petit bout de relation perdure, je vais devoir procéder par étape, essayer de ne pas la gêner, de rendre nos contacts plus proches, plus intimes pour enfin lui dire ce que je ressens pour elle ; un peu comme tenter d'apprivoiser un animal avant d'arriver à le prendre dans ses bras.

Chaque jour de classe, j'ai maintenant au moins une fois l'occasion d'adresser la parole à Isabelle. En cela, mon passage chez elle a porté ses fruits.

A l'école je reste le même, arpentant la cour mon livre à la main, évitant de me mêler aux groupes que je n'ai pas envie de fréquenter.

Isabelle continue aussi selon ses habitudes, elle est entourée par ses camarades.

En fait c'est le trajet entre l'arrêt de bus et l'école qui nous rapproche ; plus exactement, qui me permet de me rapprocher d'elle.

J'essaye d'accorder mon arrivée ou mon départ avec les siens, parfois je cours discrètement pour la rattraper et la retrouver « par hasard » si elle a de l'avance sur moi.

Lorsqu'elle est accompagnée je ne sais pas comment l'aborder.

Isabelle aime rire cela s'entend, et les garçons qui l'entourent savent s'y prendre pour l'amuser.

C'est difficile pour moi de les égaler. A dire vrai je trouve le contenu de leurs conversations un peu puéril, faux et sans profondeur. Je ne veux pas essayer de leur ressembler, en tout cas pas dans l'attitude.

Alors je suis là, à attendre que nos pas se croisent, que nos regards se rencontrent, et je ne prends pas d'initiative.

A l'école, avec l'arrivée du printemps, la mode vestimentaire a changé. Les garçons qui veulent être dans le coup portent une veste de treillis.

Pour diminuer ma différence avec eux, donc pour être plus proche d'Isabelle, je décide aussi de quitter mon caban pour entrer dans l'image contestataire en vogue.

Un mercredi après-midi je fais le déplacement à Boncourt-Le-Bois ; un dépôt de matériels de l'armée américaine me permettra de trouver « ma » veste.

Je prends le temps de fouiller les étalages, cherchant la parure de ma nouvelle identité psychologique. Finalement mon choix se fait sur l'une d'elles légèrement cintrée, et comportant un petit drapeau Allemand à l'épaule.

Au collège personne n'a ce genre de vêtement. Même en suivant un phénomène de mode, je parviens à conserver ma différence, mon indépendance d'esprit.

Mais ce changement vestimentaire n'est pas sans conséquences.

En premier lieu avec mes parents qui tentent de me dissuader de porter cet habit usé ; ils ne comprennent pas comment le collège peut accepter que l'on soit ainsi vêtu.

En ne cédant pas à leur demande, non pour les affronter mais pour conserver mes chances d'être proche d'Isabelle, je marque avec eux ma volonté de m'affranchir de certaines conventions liées au « bien paraître » : les enfants de l'instituteur-secrétaire de mairie doivent être irréprochables.

Puis au collège je marque un certain succès.

Mon livre toujours à la main, marchant ou assis sur les bordures des pelouses, je n'ai rien modifié à ma conduite. Pourtant maintenant quelques élèves qui ne me sont pas forcément connus, m'abordent pour entamer des discussions liées à la provenance de mon vêtement, ou pour savoir si mes idées sont du même bord que les leurs.

Je sors de ce fait de la masse anonyme des collégiens. D'un autre côté, les chefs de bande qui veulent en tout temps marquer leur suprématie voient en moi une nouvelle cible. A première vue je leur semble doux et frêle, et chose nouvelle, on me provoque. Pourtant je parviens à conserver mes distances avec les types de ce genre.

Enfin, un matin où je circule dans la cour plongé dans ma lecture, je vois Isabelle laisser son groupe et s'approcher. Je m'arrête pour lui permettre d'arriver jusqu'à moi.

Le sourire d'Isabelle m'éblouit. Mon cœur est déjà en conversation avec le sien lorsqu'elle s'arrête.

– Salut, me dit-elle, nous n'avons plus le même bus, on se voit moins. Tu ne viens pas me dire bonjour quand nous sommes dans la cour ? Waouh !… mon cœur bat la chamade.

Je lui désigne une bordure de pelouse proche où je lui propose d'aller nous asseoir. Elle me suit. Nous nous retrouvons au sol, avec face à nous la masse des élèves vaquant à leurs occupations. Je me sens bien, je suis heureux de ce moment ensemble. Pour répondre à sa question, je lui dis :

– Isabelle, si je ne m'approche pas de toi au milieu de tes copains pour te dire bonjour alors que nous ne nous sommes pas encore vus, c'est parce que je suis un peu différent des autres.

Cette politesse, moi j'ai envie de la prolonger en prenant du temps pour te parler, comme je le fais avec tout le monde. Le simple « Bonjour à plus », je le trouve impersonnel, machinal, frustrant, il ne correspond à rien.

Je me dis que forcément toi et tes amis n'apprécierez peut-être pas que je monopolise trop de votre temps avec les blabla de mon bonjour, alors je reste distant. En réalité si je pouvais, je passerai plus de temps avec toi.

– Ha bon ?……C'est vrai qu'avec mes copains je rigole bien, mais on rit de tout et de rien. Par contre avec toi Max, j'aime bien parler ; on peut discuter de n'importe quoi. Je ne te l'ai pas dit : je trouve que ta veste est chouette. Elle te va bien.

Je suis sur un nuage. J'ai le cœur emballé depuis que nous sommes assis côte à côte mais là alors qu'elle vient de me dire qu'elle appréciait de me parler, j'ai les tripes nouées de joie contenue ; j'ai envie de lui prendre la main, de lui dire ce que je ressens, de…

– Tiens voilà Olivier, lance Isabelle. Je crois percevoir une pointe de regret dans sa voix. - Salut, je ne vous dérange pas ? demande t-il

Je lui réponds que non quand la cloche sonne la reprise des cours. Nous nous relevons. Isabelle et lui rejoignent leur classe, moi la mienne.

Le reste de la journée s'écoule trop lentement, j'ai du mal à faire le tri dans mes idées, à calmer les battements de mon cœur.

Que m'a dit exactement la Soussou ? Y-a-t-il un message à comprendre ? Est ce moi qui m'emballe un peu trop vite parce que c'est la première fois qu'une fille m'adresse ce genre de paroles ? Que lui aurais-je dit si Olivier n'était pas arrivé ? Dois-je lui en dire plus ?

Quand la sonnerie annonce la fin de la journée, je n'ai qu'une hâte : retrouver Isabelle sur le chemin du retour. Seulement je ne la vois qu'au moment où nos bus respectifs arrivent. Sans trop réfléchir je décide de monter dans le sien pour faire un bout de trajet avec elle.

Je réussis à la surprendre, et ma récompense est de la voir sourire de ma décision.

Dans ce bus, assis l'un près de l'autre, nous devisons de tout et de rien. A chaque silence j'hésite encore et toujours à me lancer. J'hésite à me dévoiler. Mes souvenirs des amours passés ne m'encouragent pas à franchir le pas, et je sais aussi que chez les uns ou les autres, de belles amitiés ont été détruites par l'expression de sentiments non partagés.

Le bus arrive à Vosne, Isabelle se lève et s'apprête à descendre. Je fais comme elle.

Son sourcil droit se lève en une interrogation muette. Dans un sourire hésitant par crainte de mal faire, je lui explique que je descends ici avec elle.

L'Amour troubadour

Nous sortons ensemble du bus qui ne tarde pas à repartir. Isabelle n'est pas allée plus loin, elle attend que je dise quelque chose.

Je ne la fais pas languir, je lui propose de faire avec elle les cinquante mètres jusqu'à sa maison. Elle accepte avec un : « oui si tu veux ».

En chemin je tente de profiter de ces quelques instants où nous sommes encore ensemble. Je tente aussi de justifier ma montée dans son bus :

– Je n'ai pas encore eu l'occasion de te demander ce que tu as de prévu samedi ?

– Je suis invitée l'après-midi chez Olivier avec Thierry. Denis doit venir nous montrer sa moto.

–… ?!

– Toi aussi ? C'est de cela que tu voulais me parler ?

– Non, je ne sais pas qui est Denis, et Olivier ne m'a rien dit.

Moi j'avais pensé qu'avec lui et d'autres nous aurions pu nous retrouver au plan d'eau de Saule-Guillaume…

– C'est une bonne idée.

– Peut-être pas… De toutes façons vous avez autre chose à faire. Bon je vais reprendre le chemin du retour ; allez à demain ! Bonne soirée et bonjour à ta maman.

Je la laisse pour revenir sur mes pas, vers la route nationale.

– Max attends ! Comment vas tu rentrer chez toi ?

– A pied, ce n'est pas loin…

– A pied ?!… Attends, je vais demander à mon frère qu'il te ramène.

– Mais non merci ! Je n'ai que deux kilomètres à parcourir. Merci, salut !

Je ne me retourne pas mais je sais qu'elle m'observe alors que déjà je longe le bas côté de la route en direction de Vougeot.

La distance me laisse tout le temps de la réflexion. J'ai l'impression de ne pas avancer dans ma relation avec Isabelle, et puis cet après-midi j'étais avec Olivier, il ne m'a encore rien dit.

Dans ma tête j'écoute le dialogue qui s'instaure entre mes questions et mes réponses. Est-ce cela que l'on appelle la conscience ?

Ce dialogue intérieur, je le sais maintenant, est en fait une remise en question :

Mais qu'est-ce que je connais à l'amour ? Comment doit-on s'y prendre ? Ai-je le droit d'être amoureux d'Isabelle ?

De l'amour, personnellement, je ne connais que les belles histoires de princes charmants, ou les attitudes et actions de mes héros de cinéma, et l'image que maman en donne lorsqu'elle en parle. L'amour : celui conté par les troubadours.

La manière de s'y prendre pour déclarer sa flamme à une fille, je n'en connais qu'une. C'est celle qui consiste dans un moment où l'on se retrouve seuls tous les deux, à lui prendre la main et lui exprimer ce que l'on a sur le cœur, comme par exemple :

– Isabelle, regarde-moi. Vois-tu dans mes yeux cette lumière qui brille ? C'est celle des braises de l'amour qui pour toi brûle dans mon cœur depuis le jour où je t'ai rencontrée.

Ai-je le droit d'être amoureux d'Isabelle ? Le droit certainement, mais si Isabelle n'éprouve rien pour moi, cela se traduira par l'ennuyer avec mes sentiments. Elle pourrait même se sentir obligée de me consoler, d'avoir pitié.

Non, je ne veux pas prendre ce risque. Je reste sur mon idée de la laisser comprendre ce que j'éprouve pour elle. Dans les films c'est aussi comme cela que se passent les choses.

La chorale

Deux semaines se sont écoulées depuis cette conclusion personnelle. Le lendemain de mon retour à pied jusqu'à Vougeot, c'est Isabelle qui à l'école est venue me retrouver. Elle a voulu savoir si j'étais bien arrivé chez moi, m'a expliqué qu'elle s'était demandé si elle n'avait pas dit quelque chose de mal pour que je parte si rapidement.

J'en ai aussi conclu que je ne lui étais pas indifférent.

Le surlendemain en attendant le bus au marché de Nuits, Isabelle m'a communiqué un numéro de téléphone. Ainsi, m'a t-elle dit, la prochaine fois que j'aurai quelque chose de particulier à lui demander je pourrai l'appeler au lieu de rentrer chez moi à pied.

Whaou ! une fille s'intéressait à moi, ai-je pensé…

Le feu de mon cœur augmentait de force.

Olivier ne m'a rien proposé ces deux week-end passés. J'ai fini par apprendre que Denis était venu présenter sa 50 cm3 chez lui, pour ensuite proposer aux filles des tours de moto. Isabelle a apprécié.

Question moyen de locomotion j'ai trouvé mon bonheur : maman me prête son solex. C'est plus bruyant que la bicyclette, mais la force du vent qui me caresse le visage est plus grande.

Je suis encore plus grisé qu'à vélo.

J'ai aussi obtenu une réponse positive d'embauche pour travailler chez l'Héritier-Guyot. Je commence début juillet. Comment ne pas penser être comblé par la vie ?

Une amie à qui parler, un travail qui cet été va me conduire à être seul à la maison et remplir mon livret de caisse d'épargne, le beau temps qui accompagne chacun de mes jours ; que vouloir de plus ?

La semaine dernière j'ai intégré la chorale du collège. Madame Avirt, qui me connaît depuis quelques années, a montré son étonnement quand je lui ai demandé de participer à son cours si tardivement. J'ai prétexté que j'avais l'impression de perdre mon temps en récréation.

Elle m'aime bien, mais pour être en accord avec le règlement et ne pas montrer un certain favoritisme, elle a testé mes octaves avant d'accepter ma candidature.

– Baryton ! a-t-elle conclu. On en manque, installe-toi dans le groupe de droite.

Ma manœuvre a fonctionné. J'ai eu de ce fait la possibilité une fois par semaine entre midi et quatorze heures, d'avoir une activité commune avec Isabelle sans la présence d'Olivier. Certes avec madame Avirt nous ne rigolons pas autant qu'Isabelle doit le faire en cours avec Olivier, mais ce partage me suffit.

En ce qui le concerne, Olivier n'a pas sauté de joie en apprenant que j'allais travailler au même endroit que lui cet été. Il s'est même empressé de me dire qu'il était un ancien de cette entreprise car l'année dernière il s'y trouvait déjà. Il savait que la boîte cherchait du monde mais n'avait pas l'intention de m'en parler.

Je ne comprends pas pourquoi il agit ainsi. Je ne lui en veux même pas, c'est mon meilleur copain.

Ca me fait seulement un peu de peine, j'ai l'impression que je ne mérite pas son amitié. Je n'ai pourtant rien fait pour cela !

Les jours grandissent et le soir il fait bon. Il m'arrive quelques fois encore de prendre le bus du retour avec Isabelle. Maintenant nous discutons de tout et de rien devant chez elle, assis sur le muret de sa maison. Parfois Christelle se joint à nous.

Il arrive aussi que Danielle, l'autre sœur d'Isabelle, reste en notre compagnie lorsqu'elle rentre du travail. Elle aussi me donne l'impression d'être une fille bien. Je l'estime vraiment.

J'ai beaucoup de chance de connaître cette famille.

Je suis curieux de savoir ce que l'on pense ou dit de moi chez eux.

Je m'interroge car quand Danielle vient me dire bonjour, elle lance à Isabelle un truc du genre :

– Hum !.. Tiens Max est encore venu te voir…

Et elle rigole. Moi je souris à ce sous entendu qu'Isabelle ne semble pas comprendre.

Juin est déjà bien avancé. Avec ses jours qui défilent arrive la crainte de moins voir Isabelle : quand l'école sera terminée, je n'aurais plus les récréations ou les trajets en bus pour la rencontrer aussi souvent.

Ces semaines passées, notre relation a évolué. Nos sujets de conversation ont délaissé les banalités pour toucher plus sérieusement les sujets de la vie.

Ainsi Isabelle n'hésite plus à me confier ses petits soucis. Je suis naturellement à son écoute et ces débats nous rapprochent.

Plus exactement, ils me rapprochent d'Isabelle qui de son côté ne change pas. Pourtant elle m'ouvre une part de son intimité. Confier est le fils de confiance.

Lorsque que nous nous retrouvons à plusieurs elle n'est pas plus proche de moi que d'un autre. Elle rit même plus avec les autres ; forcément, j'ai des sujets de discussions sérieux alors que ses camarades restent dans leur futilité. Et je grince des dents en silence.

Un jour madame Souvignet m'a dit :

– Max tu fais plus mature que ton âge, tu réagis déjà comme un adulte.

Que voulait-elle dire ? Que je suis décalé, trop, par rapport à mes copains, à ceux de sa fille ?

Que je suis quelqu'un de sérieux sur qui on peut compter ?

Sûrement les deux à la fois pensais-je. Un avantage pour madame Souvignet qui m'apprécie, mais aussi un handicap car je n'amuse pas vraiment Isabelle. Je devrais peut-être apprendre à faire le clown.

Cette fin de vendredi après l'école nous sommes encore à deviser assis sur le muret de sa maison, Danielle s'approche.

– Bonsoir Max. Tiens ! Tu vas à l'école en short ?

Samedi après-midi nous allons nous baigner à Saule-Guillaume avec Michel et Isabelle ; tu veux venir ?

– Oui, de ce temps il fait moins chaud en short, même à l'école. Merci pour l'invitation : je serai là.

Et comment si je veux venir !

Je serais avec Isabelle et cela permettra à Danielle de mieux me connaître, et par la même occasion de mieux la connaître aussi.

Isabelle semble heureuse de ma réponse. Je les rejoindrai directement sur place, en solex.

Pour la remarque de Danielle sur ma tenue vestimentaire, il est vrai que depuis mai je vais à l'école en short. On m'a raillé un peu au début dans les couloirs : j'étais le seul à « oser » venir jambes nues. Maintenant d'autres élèves viennent aussi en short.

Ce samedi matin je ne traîne pas pour réaliser mes tâches domestiques : bêcher le jardin, étendre le linge pour maman, brûler les papiers des poubelles du secrétariat pour papa, et enfin avaler mon repas de midi en famille.

Je saute sur le solex et me voilà parti à Saule-Guillaume.

Je n'ai pas longtemps à attendre pour voir arriver le « clan » Souvignet que forment Danielle, Isabelle, Christelle et ses frères : Michel le copain de Danielle et Christian.

Ces deux derniers je ne les connais pas beaucoup, nous nous sommes déjà vus mais sans plus. Je sais parce que Danielle m'en a parlé, que Michel vient de terminer son service militaire chez les parachutistes. C'est un beau garçon, plus grand que moi, bien brun et parlant d'une voix grave.

Je le compare au héros de mes lectures du moment : Bob Morane.

Bob Morane

Depuis quelques années j'ai le nez dans les livres. Ils me permettent de m'évader, de me construire et de me cultiver.

Maman, grande lectrice de romans, désespérait de me voir lire un jour autre chose que les BD de Tintin, Astérix ou Akim.

Elle a réussi à amorcer le plaisir de me plonger dans d'autres lectures en mettant entre mes mains les romans de la collection verte ou rose : aventures du Club des Cinq, du Clan des Sept, ou d'Alice détective. J'ai ainsi délaissé les bandes dessinées.

Puis un jour, il y a deux ans maintenant, Laurent un copain de classe m'a proposé un roman d'Henri Vernes : Bob Morane.

Ce fut le coup de foudre pour le héros de cette série ; depuis je ne lis ou relis que ça.

Son personnage : polytechnicien, chevalier des temps modernes, Zorro d'une autre époque, est la face cachée de ce que j'aimerais être un jour.

Au quotidien, mes pensées, mes actes, collent à ceux de Bob Morane. Certes, avec en moins le risque et le courage, peut-être, mais cela je n'ai jamais eu l'occasion de le vérifier.

Séduit par sa conduite, par ses aventures qui approchent certaines de mes convictions intimes quant à la réalité de la vie, j'ai aussi amené Olivier à découvrir cette série.

Il arrive ainsi que nous passions ensemble un moment dans ma chambre, plongés chacun dans une de ces histoires.

Michel a donc un physique qui correspond à celui que j'ai imaginé pour mon héros.

Pour le peu que je connais de lui, dans la sourde protection que je projette sur Danielle, cela suffit pour qu'il me soit sympathique et que je ne ressente aucun danger de sa part pour la sœur d'Isabelle.

Cet après-midi est des plus agréables. Trois garçons, trois filles au bord de l'eau partageant en rigolades le temps des baignades et du bord de plage.

Je constate que dans l'eau Michel est moins à l'aise que moi, et lorsqu'il me défie en joutes aquatiques, bien qu'il soit de trois ans mon aîné et physiquement plus fort, j'ai le dessus.

Pour ne pas qu'il perde la face je résiste à ces assauts mais finis par lui laisser la victoire.

Après quelques-unes de ces luttes, je sens qu'il n'est pas tout à fait dupe, et dans son sourire je perçois de la reconnaissance.

Il abandonne ces joutes, et notre camaraderie vient de naître.

Je leur montre aussi un jeu que nous pratiquons à la mer avec papa : grimper sur les épaules de l'un d'entre nous, transformé le temps d'un précaire équilibre en plongeoir idéal. Seuls les garçons s'y exercent.

Avec les filles que nous ne laissons pas de côté, surtout moi, nous traversons à la nage les deux cents mètres du plan d'eau de la sablière. J'en profite pour discrètement montrer mon savoir-faire : longues brassées sous l'eau et nage indienne ; comme une lame de rasoir qui à peine perceptible fend le fil de la surface.

J'ai droit à quelques compliments de Danielle et de Michel. Mais là aussi je prends la précaution de ne pas trop les distancer.

En fin de ce joyeux après-midi, en quittant le plan d'eau, nous nous arrêtons à la cabane à frites du parking.

A Danielle qui m'en propose une barquette, j'oppose un vif refus car je n'ai pas d'argent sur moi ni chez moi d'ailleurs, et par principe je pense que ce n'est pas aux filles de payer.

Michel reprend la main, insiste pour que je partage avec eux ce « goûter » en me disant :

– On vient de passer un bon moment ensemble, on le termine ensemble !

Je mange donc mes frites mayonnaise avec eux, discrètement attentif à Isabelle en discussion avec Christelle. Elles semblent se faire des confidences.

Tout en dégustant, je tire le bilan des heures qui viennent de s'écouler.

Je me suis débattu dans l'eau comme un beau diable avec Michel et Christian ; Danielle et Christelle ont bien discuté avec moi, alors qu'Isabelle, même si je pense qu'elle s'est bien amusée, ne m'a pas plus adressé la parole que d'habitude.

J'en suis là dans mes réflexions lorsque Michel me pose quelques questions. Il veut savoir qui je suis, ce que je fais, me demande si j'ai une petite amie.

Les vacances d'été, Christophe

Levant mon regard vers la Soussou, je ne suis pas gêné pour répondre que non, et que je n'en cherche pas.

Michel me reprend :

– Tu n'en cherches pas parce que tu en as déjà une ou parce que tu n'en veux pas ?

Il termine sur un éclat de rire amical, j'ai l'impression qu'il me tend une perchc. Jc remarque aussi à son regard que Christelle a saisi la réalité de mes sentiments.

Toujours par peur de rompre le charme de ce mince lien qui m'unit à Isabelle, je ne donne pas de réponse directe à cette question. Je me contente de dire que souvent les gens confondent compagnie, bagatelle, Amour. Que les deux premiers ne m'intéressent pas.

Danielle appréciant ma réponse, rajoute que des garçons comme moi il n'y en a certainement pas beaucoup…

J'en doute mais apprécie le compliment. Cela ne m'avance pas pour autant.

Sur ces paroles, je prends congé du clan Souvignet en les remerciant de m'avoir permis de partager ces agréables moments.

Je suis surpris par Isabelle : elle décide de m'accompagner jusqu'au solex pour tout simplement me dire :

– Au revoir, à bientôt Max.

Une fois sur la route, j'essaye de comprendre ce que cela pouvait signifier. Je me souviens avoir remarqué le coup d'œil de Christelle à Isabelle lorsque que j'ai serré la main de ses frères, mais je ne trouve pas de réponse satisfaisante.

Juillet est déjà là.

L'école est finie pour cette année scolaire. L'an prochain je passe en troisième, ça sera l'année du brevet.

Un soir de juin en rentrant de l'école je suis allé me présenter à mon futur patron. En passant au secrétariat de l'entreprise j'ai remercié madame Chavate : une relation de maman par qui j'ai obtenu cette place.

J'ai commencé à travailler il y a déjà une semaine et pour un mois complet. J'en suis très heureux. Mes journées ont enfin un but, et j'ai vis à vis de papa, moins de scrupules à passer du temps en loisir à la maison ou avec les copains.

Mon job est principalement de décharger les camions qui livrent les fruits nécessaires à la fabrication des liqueurs conçues par l'Héritier Guyot dont la crème de cassis est la plus connue.

J'apprends à côtoyer d'autres garçons de mon âge ou plus vieux. J'éprouve plus particulièrement de la sympathie pour deux d'entre eux : Christophe de Chambolle Musigny et Frédéric de Nuits St Georges. Nous travaillons ensemble et avec Olivier. Forcément il ne se gêne pas pour faire figure d'ancien dans cette boite.

Christophe, je le connaissais déjà de vue pour l'avoir observé à la piscine. Toujours avec un tee-shirt jaune et des palmes à la main. Son surnom, Poiss, lui vient parait-il de ses camarades qui ont jugé qu'il nageait aussi bien qu'un poisson chat, alors qu'eux osent à peine entrer dans l'eau.

Je découvre aussi qu'Olivier a ici un surnom : « Pied de vigne », mais je ne sais pas pourquoi, et il ne veut pas m'en donner l'explication, mystère.

Papa m'a ramené de chez ma tante un Cady, la petite mobylette que n'utilise plus ma cousine. J'abandonne le Solex, je peux ainsi me déplacer plus rapidement avec Olivier.

Sur son insistance d'ailleurs, j'ai convaincu maman de nous laisser le samedi soir participer aux bals des villages voisins, en promettant d'être prudent et de toujours fixer mon heure de retour. Je ne voulais pas être en décalage avec ce que les garçons de mon âge faisaient, tant que cela restait raisonnable.

A la maison c'est une première, Sylvane n'ayant jamais eu cette autorisation.

Les autres soirs de la semaine je suis souvent à Flagey chez Olivier, d'où nous partons pour traîner.

Comme je n'ai pas d'argent de poche et que ma première paye n'est pas encore obtenue, pour économiser de l'essence je mets ma mobylette en roue libre dans les descentes, et sur terrain plat je m'agrippe à l'épaule d'Olivier qui me remorque, dans l'insouciance de ces instants, la vie est belle.

Souvent nous en profitons pour pousser jusqu'à Vosne. Isabelle et Christelle sont heureuses de nous voir arriver, car pour madame Souvignet je fais office de chaperon. Les filles ne peuvent rester dehors le soir que si je suis présent.

Le temps est beau la journée, et les nuits sont douces en ce début d'été.

Lorsque que nous nous retrouvons à Vosne nous laissons nos mob chez la Soussou pour flâner sur les routes calmes de notre campagne.

Nous ne manquons pas, la peur au ventre tout de même, de passer dans les vergers pour marauder quelques fruits.

Les cerises sont les plus appréciées, et le risque d'être surpris par le propriétaire pimente ces soirées.

Parfois il m'arrive aussi de me retrouver seul sur la route avec Isabelle.

Absorbés par nos discussions, nous continuons de marcher côte à côte, alors qu'Olivier et Christelle ayant trouvé quelques coins discrets, échangent plus intimement « leurs points de vue »…

A Vougeot, dans le pré qui jouxte notre jardin, comme chaque année j'ai dressé la vieille tente de camping ; deux grandes chambres la composent.

Les soirs depuis mai déjà, c'est ici que je dors, profitant ainsi de la beauté du ciel étoilé et de la fraîcheur de la nuit. J'ai un peu l'impression d'être en vacances ailleurs, d'avoir mon indépendance.

On se retrouve parfois là aussi avec Olivier quand on ne travaille pas. Nous lisons ou jouons aux dames sous la toile. Même lorsque Christelle l'accompagne.

Au travail, je me rapproche de Christophe, ou peut être est-ce lui qui se rapproche de moi. Le fait que j'ai une sœur qu'il ne connaît pas encore ne doit pas être étranger à cela.

C'est vrai que Gaby est une belle fille, je crois aussi remarquer qu'elle a l'ocil coquin. J'ai déjà entendu des hommes lui dire : « Ah si j'avais vingt ans de moins… »

Au boulot, c'est un peu l'euphorie. En attendant que les camions arrivent nous sommes plus ou moins libres de nos mouvements. Nous ne loupons donc pas le rituel du petit vin blanc de neuf heures avec les ouvriers de la boîte. Nous nous cachons un peu dans la remise des sacs de sucre pour ces instants clandestins. A l'occasion cela nous permet aussi de rattraper un peu de sommeil perdu lors de nos nuits blanches sans nous empêcher de bien faire notre travail.

J'ai l'impression qu'Olivier se tient à l'écart du groupe.

Christophe est plus âgé que nous. Il se prépare à passer son permis de conduire ; il possède déjà une moto 125 Yamaha.

Il la conduit parfois je crois, sans l'autorisation de ses parents, bien que son père le menace d'un coup de crochet à feu s'il apprend qu'il désobéit à cette interdiction. Mais, me dit-il en souriant lorsque j'évoque le sujet, de toutes façons il court plus vite que lui et ne craint pas une poursuite de son père.

Deux évènements de société s'ajoutent au temps des vacances pour contribuer à cette euphorie.

Le premier, un nouveau jeu de loterie, le loto. Ouvert à tous il permettrait aux moins nantis s'ils sont chanceux, de devenir un jour millionnaire en trouvant six numéros tirés au sort. Bien sûr nous créons une cagnotte pour, nous aussi, tenter notre chance. Fred se charge de la gestion.

Le deuxième, le tube de l'été que l'on n'arrête plus d'entendre : Rock collection de Laurent Voulzy. Et la petite fille chantait et nous tous aussi ; c'est fabuleux.

Est-ce cela une vie d'adulte ?

Travailler, partager de bons moments avec les collègues ou des amis, profiter de la vie qui nous est donnée ? Si c'est le cas, vivement que je finisse l'école ! J'espère que oui et en redemande.

Aujourd'hui à la sortie du travail Christophe m'a proposé de passer ce soir me voir à la maison. J'accepte sa demande.

Il fait bon comme chaque soir, et avec Gaby nous attendons sur la place de la mairie la venue de mon copain. Le bruit d'une moto annonce son arrivée. Le beau mec du village d'à côté est là.

Christophe sort des blagues, use de son charme, et Gaby entre dans son jeu. Ces deux-là se trouvent sympa, c'est certain.

Tandis que je les laisse deviser, je pense à Isabelle. Ce soir elle était de sortie avec ses parents, à Beaune je crois.

J'émets vers le ciel une prière : « Isabelle, j'envoie ce message aux étoiles qui accompagnent nos promenades, afin qu'elles le mènent jusqu'à ton cœur.

Je t'aime Isabelle ! Tu sembles l'ignorer, mais je t'aime vraiment. Je voudrais partager avec toi chaque émotion de ma vie. Tu es belle mais plus que ça, tu es une fille bien. Je veux t'aimer.

Je crois au fond de moi que tu sais ce que j'éprouve, c'est justement pour cela que je ne t'en parle pas.

Ta sœur, Michel, Christelle ont fait quelques approches, tu n'as pas pu les ignorer. Si jusqu'à maintenant tu n'as fait aucune allusion à leurs paroles, c'est que tu ne veux certainement pas en entendre parler… Isabelle le ciel m'en est témoin… je t'aime. Fais moi un signe. »

Alors que j'envoie ce message aux astres du ciel, la nuit est traversée par une étoile filante. La première que je vois : il faut faire un voeux.

Je souhaite ?… je souhaite qu'Isabelle m'aime un jour. Pour cela j'attendrai.

Le temps des jours qui passent, s'écoule lentement dans la chaleur de cet été soixante-seize qui parait-il, est exceptionnel.

Ce n'est pas vraiment faux car pour la première fois, avec Olivier nous préférons nous réfugier dans la cave de la maison, pour manger du camembert et boire une bonne bouteille de vin, plutôt que de traîner dehors.

Christophe et moi passons un peu plus de temps ensemble chaque jour. Je découvre ainsi que dans notre relation, nos conversations sont sans ambiguïté et sans la sourde jalousie que je ressens avec Olivier, avec qui je dois peser chacun de mes mots.

Je suis même un peu surpris d'éprouver avec Christophe un plaisir dans ces dialogues où je peux rester naturel et sans crainte.

Nous commençons à mieux nous connaître : maintenant il entre chez nous à la maison. Il aime bien jouer avec notre chienne Sibelle et discuter avec Gaby. L'inverse n'est pas vrai même si l'idée a dû lui passer par la tête.

Je l'emmène aussi un soir à Vosne-Romanée où je le présente à Isabelle et Christelle. Tout le monde le trouve sympathique, et moi, à le voir parler avec Christelle je devine que ce n'est pas la dernière fois qu'il viendra.

Le jour où il obtient son permis de conduire il arrive le soir même à Vougeot dans la R12 bleue de ses parents. Il m'emmène avec lui pour son premier tour en voiture.

Je me sens honoré par sa proposition de partager avec lui ce moment. C'est aussi, après avoir obtenu l'autorisation de mes parents, la première fois que je monte dans l'auto d'un copain : quelle agréable sensation de liberté et d'être devenu (un) grand…

C'est le temps pour ma famille de partir en vacances du quatorze juillet au quinze août ; un mois seul à la maison. Cette transition est bien venue. Cette année encore plus que les autres, j'en veux à papa d'être ce qu'il est : distant, toujours dans son travail, ne nous transmettant ses doléances que par l'intermédiaire de maman.

Etrangement de mon point de vue, pendant un mois, le temps du camping, il est un peu plus proche de nous en partageant les jeux d'eau, de boules ou de cartes. Cette année je ne crois pas que j'aurai su être indulgent et que j'aurai pu participer à ces moments.

Avec leur départ j'aurai une tension de moins, et je réalise que tout ce temps libre, tout ce bonheur qui m'est donné, je ne dois ni le gaspiller en bêtises, ni en abuser ; je reste sérieux.

Quand la semaine de travail prend fin, je n'ai aucun mal à gérer cette longue période du week-end.

Je n'ai pas le temps de m'ennuyer entre la piscine de Vougeot et sa cabane à frites, Saule-Guillaume et mes ballades pour rejoindre les uns ou les autres.

Christophe a le béguin pour Christelle. Il vient maintenant me chercher en semaine entre midi et quatorze heures pour que nous allions la retrouver. Isabelle n'est pas toujours là.

Ce n'est pas très grave : pour faire passer le temps où je suis seul, Christophe me propose sa moto. J'ai l'impression d'être un alibi : la maman de Christelle préfère elle aussi savoir que sa fille est avec moi…

En fait j'utilise peu la Yamaha, je préfère m'asseoir dans un coin, pensif à ma situation et attendre.

Attendre l'éventuel passage de Danielle, de Michel, ou d'Isabelle qui n'est pas là, ou que je ne veux pas déranger à cette heure.

Je me compare à Christophe. Il a l'air plus heureux que moi avec Christelle, mais est ce de l'amour qu'ils éprouvent l'un pour l'autre ? Et quand bien même, n'ont-ils pas raison ? Ne vaut il pas mieux un semblant d'amour qu'un Amour voué à la solitude ?

Lui me dirait certainement que oui. Il m'a déjà interrogé sur ce que j'attendais d'Isabelle.

– Mais va lui dire, ou embrasse-la ! Tu verras bien ! m'a t-il conseillé. Depuis six mois tu te tortures peut-être pour rien, tu vas durer longtemps ainsi ? Ou alors je ne sais pas, tu es maso…

Humm… maso, certainement pas : j'Aime.

J'aime vraiment de tout mon cœur ; je ne connais rien de plus fort, rien de plus beau.

Aimer c'est un don de soi. Un don n'est jamais une torture, mais un plaisir.

Ce don aurait certainement plus de valeur s'il était connu, déclaré, partagé. Mais un don parfois met dans l'embarras celui qui le reçoit. Non je ne change rien et reste sur ma position.

J'ai aussi peur de devenir un poids pour Isabelle.

Nous partageons notre amitié c'est certain, mais elle n'a peut-être pas envie de me retrouver aussi souvent que moi j'en ai envie. Le fait que je sois là à chaque fois que Christophe vienne, l'oblige peut-être à me tenir compagnie.

– Eh Max !

Je sors de mes pensées. De l'autre côté de la rue Isabelle me fait signe de la rejoindre. Mon cœur s'affole un peu, elle est là, et que me veut-elle ?

Je me retiens pour ne pas la rejoindre en courant. J'arrive à ses cotés avec sur mes lèvres le sourire de mon cœur.

Dans un rapide « bonjour » elle me dit :

– Je pars en courses avec Danielle, c'est elle qui m'a dit que tu étais là. Tu ne travailles pas aujourd'hui ?

– J'accompagne Christophe lorsqu'il vient voir Christelle, nous allons bientôt retourner à Gilly.

– Pourquoi ne viens-tu pas à la maison au lieu d'attendre dehors ?

– C'est que je me vois mal arriver chez toi comme cela sans prévenir, à l'heure du repas en plus. Non je suis bien dehors, et cela me permet de penser à toi ; je me demande ce que tu fais, où tu es…

Isabelle doit rejoindre sa sœur qui l'appelle, nous allons nous séparer, mais avant elle me demande :

– Tu peux passer ce soir ? Viens pour vingt heures trente.

– Si tu veux… Je serai là.

Non de non ! quelle surprise ! Je ne sais absolument pas ce qu'elle peut vouloir.

Derrière moi j'entends la moto de Christophe qui démarre. Il est l'heure d'y aller. Comme d'habitude nous rentrons par les chemins de vignes du Clos de Vougeot.

Sur le trajet du retour je lui raconte le rendez-vous fixé par Isabelle pour ce soir. Il est content pour moi. Il n'arrête pas de dire :

– Ouh… c'est bon ça ! Ouh… c'est bon ça !

– Tu en as de bonnes ! C'est bon de rien du tout. Elle veut certainement me dire ou me demander quelque chose ; que ma présence lui pèse par exemple.

– Mais non ! Elle ne t'aurait pas demandé de venir ce soir pour ça. Tu me raconteras ?

–… Au fait, tu fais quoi toi ce soir ?

– J'ai prévu de retrouver la Joe.

– La Joe !? Qui est-ce ?

– La Joe ? C'est Christelle. Je ne sais pas d'où lui vient ce surnom, mais c'est le sien.

Il me laisse chez moi et nous nous retrouvons au travail.

Tout l'après-midi je cogite sur le rendez-vous de ce soir. Je pense aussi au message que j'ai adressé aux étoiles. En est-ce le retour ? Mais je me raisonne, il ne faut quand même pas rêver.

J'en suis là dans mes pensées cet après-midi de travail lorsque monsieur François le gérant, passe en courant en lançant des jurons :

– Merde, merde !…

Il se dirige vers des appels que j'entends au loin. Tiago passe vers moi en courant, je l'interroge :

– Mais qu'est-ce qu'il se passe ?

– C'est Christophe !

– Mais bon sang quoi Christophe ?!

– Il a eu un accident…

Je lâche ma pelle pour me précipiter à sa suite.

Nous arrivons dans une salle, j'ai juste le temps de reconnaître Christophe dans son tee short jaune. Il est debout entouré de plusieurs personnes qui le conduisent je ne sais où.

Fred qui lui aussi est là me commande de ne pas les suivre. Je l'interroge à son tour.

– Mais qu'est-ce qu'il se passe ?

– Christophe devait nettoyer cette cuve. Il a donc saisi le tuyau à vapeur sous pression qui est là, et quand il a appuyé sur le déclencheur, le jet a été projeté sur lui.

– Merde ! C'est grave ?

– Il est au moins brûlé s'il ne s'est pas cuit les yeux.

Fred ne me rassure pas du tout.

Je regarde d'un air méfiant le tuyau de vapeur posé au sol.

Son embout est fait de deux extrémités qui se ressemblent. C'est vrai que si je devais le manipuler, je ne serais pas capable de deviner par où sortirait le jet.

Je suis atterré. Mes états d'âme pour ce soir ce sont envolés.

Je traverse le quai de l'usine pour passer à côté, chez Martelet où les copains de Christophe travaillent. En me voyant arriver ils me font signe qu'ils sont déjà informés des évènements. Ils ont même des nouvelles sur la gravité de l'accident.

– T'inquiète pas ! me lance le Modo, il a eu de la chance : le gros du jet de vapeur est passé à côté. Il s'est bien brûlé à l'épaule, mais il s'en tirera. Je lui ramène sa moto ce soir.

Ce soir… Cela me revient, je dois aller à Vosne. Je serais donc seul, il me faudra prévenir Christelle. J'oublie un peu Christophe, de toutes façons il doit être entre de bonnes mains.

Olivier m'a rejoint, et tous nous n'avons pas trop le cœur à l'ouvrage, la fin de la journée est bientôt là.

Plus tard, assis au pied de la pointeuse nous commentons tous l'accident de Christophe. Ils sont quatre de Chambolle à attendre avec Olivier, Fred et moi, que sonnent dix-huit heures.

La réputation des gars de cette commune n'est pas très brillante.

Ils seraient bagarreurs, buveurs et, paraît-il, aucun étranger ne parvient à s'installer dans leur village.

Ils dépendent du collège de Brochon, moi de Nuits, je ne les connais donc pas. C'est pour moi une première que de les fréquenter, et je me méfie particulièrement du Modo qui dans son regard transpire la provoque pour la bagarre.

Les autres : le Cous, le Claude, le Vainvain, ne semblent pas pire que moi. Et ce soir alors que j'exprime mon inquiétude pour Christophe, ces gars, y compris le Modo, me montrent quelque chose qui ressemble à du respect ; j'ignore pourquoi mais dans un sens cela me rassure.

Vingt heures. Après les émotions de cet après-midi, je suis de nouveau gagné par l'appréhension de ce qui m'attend ce soir. Il fait encore chaud en ce début de nuit, ou est-ce moi qui suis en ébullition ?

Je ne tarde pas à quitter la maison, il me faut déjà passer voir Christelle pour lui donner des nouvelles du Poiss.

J'arrive chez elle, pose ma mob et frappe à la porte. C'est sa maman qui m'ouvre, c'est la première fois que je la vois :

– Bonjour madame, je viens voir Christelle.

– Tu es Max c'est cela ?

– Oui madame, le copain d'Isabelle.

– Entre, elles sont toutes les deux dans la cuisine.

En effet, Isabelle et Christelle assises dans la cuisine m'annoncent qu'elles savent déjà pour Christophe.

C'est vrai ! Je n'ai pas pensé au téléphone. Elle me disent que Christophe a appelé la Joe en fin d'après-midi, du coup elle en sait plus que moi.

– Il va bien, me dit-elle, brûlé au deuxième degré à l'épaule, mais il va bien. Il est arrêté une semaine, et il va passer son temps à la piscine.

Bien. Le premier point de ma soirée est réglé, j'attends un peu tendu la suite des évènements.

Isabelle se lève enfin, dit au revoir à Christelle et à sa maman ; j'en fais autant.

Nous nous retrouvons tous les deux à l'extérieur. Elle me dit qu'elle doit retourner chez elle prendre son pull. Nous prenons donc la direction de sa maison. Danielle et Michel sont assis sur le muret que je connais bien.

Je reste avec eux le temps qu'Isabelle revienne.

– Alors ! me lance Michel, tu sors en tête-à-tête ?

– Il semblerait qu'Isabelle en ait besoin.

Je crâne un peu devant lui mais je n'en mène pas large.

– Michel, laisse-le tranquille ! intervient Danielle.

Max samedi nous fêtons l'anniversaire d'Isabelle, vers seize heures, tu seras là ?

Je ne sais pas quoi répondre, peut-être que tout va dépendre de ce soir.

– Oui… oui j'essayerai d'être là.

– Ca n'a pas l'air de t'emballer ? me reprend Michel.

– Si… si bien sûr, mais je ne suis pas certain que cela fasse plaisir à Isabelle. Je vais peut-être lui imposer ma présence…

– Elle aime bien quand tu es là, et moi aussi, m'interrompt Danielle.

J'entends la porte du garage qui s'ouvre, voilà Isabelle qui arrive. Elle est là, dans son jean et son pull gris.

Je réalise encore plus que, contrairement aux soirées passées, nous allons être seuls tous les deux.

Un grand soufflet active le feu de mon cœur.

Nous restons un moment à parler avec Danielle et Michel qui font des projets pour leur avenir : changer de travail, s'installer…

Puis Isabelle me propose de les abandonner et nous prenons en marchant la direction de Flagey.

Je ne tremble pas, les battements de mon cœur se sont apaisés. Chemin faisant, nous conversons de choses et d'autres alors qu'il est déjà plus de vingt-deux heures.

Je regarde ma montre par habitude car madame Souvignet m'a déjà dit dès le début de nos sorties nocturnes, sérieusement mais avec son grand sourire :

– Max c'est toi qui est responsable. Je veux qu'Isabelle soit à la maison pour minuit, c'est entendu !…

Nous marchons et nous rions, moi heureux d'être là avec elle, Isabelle des anecdotes que je lui rapporte de mes journées de travail.

Je n'arrive pas à comprendre pourquoi nous sommes ici tous les deux. Ce n'est pas juste pour sortir de chez elle qu'elle a souhaité ma présence. Il doit certainement exister une bonne raison à cela, mais qu'attend t-elle ? Nous arrivons à la sortie de Flagey, il est déjà vingt-trois heures, nous devons prendre le chemin du retour pour être rentrés à temps.

Tout en lui parlant je prends discrètement le temps de l'observer.

Elle est belle, elle est douce, elle est droite et pure, mais bien plus que cela, elle est celle que mon âme attendait de rencontrer. Je ne peux en douter car comment expliquer ce que je ressens au cœur. C'est comme un tourbillon de feu qui tour à tour m'envahit pour s'éloigner presque à se faire oublier, puis resurgit comme un cheval dont on entend au loin le galop se rapprocher en craignant le choc et en sachant qu'il est impossible de l'éviter.

Mes cinq sens sont étrangers à cela. Non, cela vient vraiment de l'intérieur.

« Je t'aime Isabelle. Merci d'être là avec moi. » Telle est la pensée qui rythme mes pas.

Je cherche le moyen de ralentir la course de ma montre. Mais cela m'est impossible.

Isabelle continue de plaisanter, et plus sérieusement nous parlons de la relation de Christelle et de Christophe : qu'ils ont de la chance, qu'ils s'entendent bien.

Depuis quelques instants elle a passé son bras sous le mien, peut-être a-t-elle un peu froid. Je n'ose pas rompre le charme de ce moment. Elle me parle de sa famille plus ou moins proche, des amis de ses parents, je ne comprends toujours pas où elle veut en venir.

Je pense très très fort : « Je t'aime Isabelle. »

J'essaye d'illuminer le ciel avec cette phrase qui me brûle.

Mon cœur et ma tête jonglent à toute vitesse avec ces trois mots qui n'osent pas franchir la frontière de mes lèvres.

Et nous sommes déjà au pont de la voie ferrée, la maison d'Isabelle est bientôt en vue.

Cette soirée ne va pas se terminer ainsi ? C'est maintenant ou jamais que je dois savoir, maintenant ou jamais que je dois lui dire.

Sans préambule je me jette à l'eau, transgressant la règle que je m'étais imposée. Tout en continuant d'avancer je lui dis :

– Isabelle écoute-moi, il faut que tu saches que je suis très heureux d'être là avec toi ce soir, comme tous ces autres moments partagés. Et tu ne sais sûrement pas à quel point.

A ton invitation, c'est la première fois que nous sommes seuls tous les deux ! Voulais-tu me demander quelque chose en particulier ? Nous sommes arrivés, tu vas devoir rentrer !

Son bras se serre un peu plus au mien, puis elle me lâche, me demande d'attendre et entre chez elle. Je ne patiente pas longtemps pour la voir revenir.

– J'ai dit à maman que j'étais de retour et que je restais un peu dehors avec toi. Asseyons-nous ici.

Elle désigne le goudron en plein milieu de la rue. A cette heure la circulation est inexistante, et la route conserve la chaleur de la journée. Je m'installe volontiers à l'endroit désigné, et je m'assois entourant de mes bras mes genoux ramenés à la poitrine.

Légèrement à ma droite Isabelle me fait face dans la même position, la tête posée sur ses genoux.

Notre silence du moment est comblé par le chant des grillons. Elle me regarde mais ses yeux glissent sans s'accrocher aux miens, ou les évitent, je ne sais pas.

Je résiste à mon envie de lui prendre la main, de lui entourer les épaules.

Pour mieux gérer cette attente je m'allonge sur la route, le regard fixant les étoiles. Un doigt tendu vers le ciel, je romps le silence.

– Tu vois là-haut toutes ces lumières ? Quand je suis avec toi j'en ai beaucoup plus dans le cœur.

– Max ! Tu es vraiment un garçon à part. Je n'en connais pas d'autres comme toi.

– C'est un compliment ou un reproche ?

– Non ! Je suis contente de te connaître. On s'entend bien !

Quand je te parle tu m'écoutes, quand je ne dis rien tu respectes mes silences, tu ne cherches pas à m'embêter comme d'autres le feraient pour se rendre intéressants. Tu fais attention aux autres, tu sais apprécier la vraie valeur des choses. Chez moi on te trouve sympa, Danielle autant que moi, et je sais que je peux compter sur toi.

– Oui, comme Olivier et Christophe que vous trouvez aussi sympathiques !

– Eux ils sont rigolos, ce sont des dragueurs. Regarde ! Maman n'accepterait pas que je sois dehors à cette heure si tu n'étais pas ici.

Puis elle se tait.

Me projetant dans les abîmes insondables de la voie lactée, je laisse au silence le temps de prendre sa place. Les grillons doivent attendre la suite aussi ; je ne les entends plus.

J'essaye, sans savoir pourquoi, de graver dans ma mémoire ce qui vient d'être dit. Je suis intérieurement fier qu'Isabelle me distingue des garçons dc mon âge, fier de la confiance que me porte cette famille que j'apprécie beaucoup ; comblé que Danielle m'aime bien.

Pas une fierté orgueilleuse, non, mais simplement heureux que l'on m'attribue des qualités. Hormis le professeur de sport, peu m'en ont fait. Sylvane parfois peut-être.

Mais comment pourrait-il en être autrement. Je ne fais rien de remarquable : les actes du cœur ne font ni bruit ni publicité, ils sont invisibles pour la plupart des gens.

Les mots que vient d'énoncer Isabelle me renvoient à la réalité et à la justesse de mes principes. De les avoir respectés me permet déjà d'être là ce soir, me permet de vivre ces émotions.

– D'accord, je comprends bien. Vous me considérez comme quelqu'un de respectueux. Mais pour ce soir pourquoi voulais-tu que je sois là ?

– Je voulais que l'on se retrouve un peu sans les autres. Ce n'est pas toujours évident de parler sérieusement lorsqu'ils sont là. Je dois te demander quelque chose.

Amour – amitié, la déchirure

Me demander quelque chose ?… Il me semble comprendre que ce n'est pas d'une déclaration dont il s'agit et que ce n'est peut être pas le moment d'exposer Isabelle au feu qui brûle en moi.

En fin de compte, je vis en cet instant le moment le plus intense de notre relation.

J'ai l'impression depuis que je la connais, de gravir une montagne. Non pas comme un alpiniste qui endure une rude épreuve, mais plus comme un randonneur découvrant sur le sentier qui le mène vers les hauteurs, la grandeur des paysages qui l'entourent. Progressant à l'aveuglette, sans avoir de carte ni d'indication précise de la direction à suivre, juste en se laissant porter par la douce chaleur des lieux, et guidé par la certitude d'avancer vers quelque chose de beau.

Et là en cet instant, après les quelques heures que nous venons de partager ce soir, je suis à l'arrêt sur le chemin de cette montagne, un peu essoufflé, heureux de ce que je viens de parcourir, à me demander si j'ai le temps de continuer mon ascension ou s'il est temps de rentrer.

Mes yeux quittent les étoiles pour se poser sur le visage d'Isabelle qui reste silencieuse, le regard dans le vague, certainement perdue comme moi, dans ses pensées.

« Isabelle si tu pouvais m'aimer aussi… »

Essaye-t-elle de deviner ce que je pense ? A-t-elle un souci dont elle veut me parler ? Il ne faut pas que je laisse le silence couvrir de sa chape de plomb le moment présent. Je regarde ma montre.

– Tu dois rentrer chez toi à quelle heure ?

– J'ai tout le temps, je n'ai pas d'horaire.

Sur ces mots elle change de position pour s'allonger à mes cotés dos sur la route, je retire ma veste de treillis pour qu'elle s'allonge dessus. Elle ne repousse pas mon geste, je peux donc penser qu'elle accepte ce rôle du chevalier servant que j'endosse déjà depuis quelques semaines.

– Alors avant que tu m'exposes ce que tu as à me dire, écoute moi. Je ne t'en ai encore jamais parlé, mais dans ma vie il y a deux choses que je désire depuis toujours il me semble.

Tu vois ce ciel au-dessus de nous ? Chaque point est un monde avec sa vie particulière.

Depuis très jeune je suis convaincu que nous ne sommes pas seuls dans l'univers, convaincu que très proche de nous vivent des êtres encore plus évolués, encore plus sages et qui certainement ont déjà dû donner beaucoup aux hommes.

Donc mon premier souhait est de ne pas mourir avant d'avoir eu confirmation de cette certitude avec l'espoir pourquoi pas, de pouvoir les rencontrer un jour.

Le deuxième est de vivre : dans le vrai, dans la sincérité de mes actes, dans l'honneur de la parole donnée. Vivre l'amour vrai et sincère. Non pas pour me distinguer des autres, mais parce que c'est le ressenti que j'ai de ma vie. C'est ce qui vibre en moi et qui, comme le balancier de l'horloge, guide mes pas, guide mes actes, construit mes émotions et fait ce que je suis.

– …… Cet instant est un peu magique Max. Nous sommes là allongés sur la route, la tête perdue dans les étoiles….

Tu exprimes des choses fortes et un peu étranges parfois. Je ne saisis pas vraiment tout, mais j'en perçois la profondeur.

Quand je pense à ces moments où nous sommes ensemble, c'est vrai que tu es toujours les yeux au ciel. Tu attends de lui de voir un jour une vérité se concrétiser ?

Pour répondre je m'engage alors dans un débat sans fin : croire ou non aux extraterrestres, expliquer pourquoi de tous temps les hommes ont attendu le retour de leurs Dieux les yeux rivés au ciel et non l'oreille collée au sol… Mais je ne m'éternise pas sur le sujet.

Alors que tous les deux nous sommes pensifs, plongés dans nos réflexions sur la vie humaine, j'entends un clocher sonner deux heures. Le temps sans aucun égard n'attend pas. Pourtant il semblait suspendu à notre discussion projetée dans le passé et imaginant le futur.

Nous sommes vraiment bien ici, bercés par la douceur de la nuit et le chant des grillons. Déconnectés de ce qui se passe autour de nous, c'est comme si nous marchions tous les deux dans les étoiles. Mais je ne perds pas le nord pour autant.

– Isabelle que voulais-tu me demander ?

– Je voulais ce moment partagé, et je crois qu'il restera dans mes souvenirs comme une très belle soirée. Lundi je ne serai plus là, nous allons deux semaines en vacances dans la famille, ensuite j'ignore ce que nous ferons jusqu'à la rentrée. Aussi avant de partir, je voulais te demander une faveur.

Nous y sommes, je vais enfin connaître la raison de ma présence ici ce soir. Je sais déjà, quel que soit ce qui va être dit, que j'aurai vécu les moments les plus intenses de ma vie.

Non pas qu'avec Isabelle nous ayons fait ou évoqué des choses extraordinaires, mais ces heures passées, j'ai été projeté au centre même du magma de mes émotions ; magma qui bouillonne depuis quelques mois pour ces jours-ci me ballotter comme un bouchon dans ses flots tumultueux.

Et là, revenu à un peu plus de réalité à l'écoute de ce qu'elle va bien pouvoir me dire, je suis traversé par une vibration particulièrement forte.

– N'hésite pas. Vas-y Isabelle je t'écoute, tu sais que tu peux me demander tout ce que tu veux.

En disant cela, je me suis relevé pour assis sur la route, la regarder et écouter ce qu'elle va enfin m'annoncer.

Elle s'assoit aussi, et son visage qui fait face au mien couvre tout mon champ de vision, éclipsant en cet instant le ciel étoilé.

– Max, j'aimerai que tu sois mon ami.

–… ?

Son sourire en coin comme les plis sur son front me laissent deviner qu'elle est un peu inquiète de ma réaction.

– J'ai beaucoup hésité à te le demander. Danielle m'avait aussi conseillé de ne pas le faire, et Christelle doit penser la même chose.

– Danielle t'a t-elle dit pourquoi ?

– Non, je pense qu'elle avait peur que tu te sentes obligé, ou alors parce qu'elle conçoit qu'il est plus naturel et moins problématique une amitié non mixte.

Le gong sonne dans ma tête, le volcan qui frémissait en moi vient d'exploser. Je sens son feu qui se répand dans mes veines et le soulagement de cette implosion. Soulagement d'une incertitude qui s'efface.

L'incertitude de penser que je pouvais l'ennuyer, l'incertitude de croire qu'elle avait deviné mes sentiments et que ses mots seraient pour me dire qu'il ne fallait pas aller plus loin.

Non au contraire, elle me demande d'être son ami.

Si j'ai bien perçu la personnalité d'Isabelle, ce n'est pas rien. Un ami c'est la personne sur qui on peut compter à n'importe quel moment. Un ami c'est celui qui est là pour nous aider, nous comprendre, nous consoler, pleurer ou rire avec nous.

Donc c'est beaucoup. Beaucoup car celle que j'aime me demande d'être là à son écoute, de répondre présent si elle appelle, d'être l'épaule sur laquelle elle pourra s'appuyer.

S'il le fallait, j'irai jusqu'à dormir devant sa porte pour qu'Isabelle comprenne l'importance que je donne à cette amitié.

Je suis un instant distrait par la lumière qui s'allume chez elle dans la cuisine. Il me semble percevoir derrière le rideau la silhouette de madame Souvignet qui brièvement regarde dans notre direction, puis la lumière s'éteint.

– Max tu ne réponds pas ?

– Oh si, si ! J'étais un peu perdu dans mes pensées. Tu sais, personne encore ne m'a jamais demandé cela, et tu ne peux pas imaginer à quel point pour moi c'est très important, en plus venant de toi. Je suis très heureux de ce que tu m'offres Isabelle. Bien sûr que j'accepte.

– Merci. J'avais un peu peur que tu refuses.

Ma veste de treillis sur les épaules, les cheveux encadrant son visage, Isabelle me fait face et me sourit. Je ne sais pas ce qu'elle dégage, mais je le ressens très fort, et là encore je prends conscience que nos deux cœurs sont en intime liaison.

Le sait-elle aussi ? Je ne le crois pas. Elle est dans l'innocence des évènements qui nous lient et c'est cette innocence que je dois ressentir. Je ne parviens pas à deviner quel est le dessein de ces évènements.

Je viens de réaliser que c'est cela qui émane d'Isabelle : cette innocence qui lui permet d'être si souvent dans le rire et dans la joie de vivre.

Des idées se mettent en place, partent de mon cœur pour envahir ma tête. Il me semble percevoir au fond de moi la nécessité de protéger cette innocence, et que peut-être c'est là la signification de ma présence ici ce soir.

Un coup d'œil à ma montre, trois heures du matin. Je pense que d'ici peu je dois me rendre au travail, mais je n'ose pas rompre le charme de cette nuit.

Mon émotion est encore forte et je fais le pitre sur la route. J'essaye de m'envoler pour aller me fondre dans les étoiles. A Isabelle qui rit de mes bêtises je dis :

– Tu vois, même si je suis là haut, je te verrais toujours et tu n'auras qu'un signe à me faire pour que je sois là.

Une voiture arrive sur notre route, je tends la main à Isabelle qui la prend pour se relever plus facilement. Cette soirée je n'en doute pas, est un tournant dans notre relation amicale qui débute. Un palier vient d'être franchi. Je me souviens qu'il y a quelque temps je m'étais conseillé d'avancer par étapes, comme pour un animal que l'on cherche à apprivoiser.

Je réalise que j'en suis là, et bien plus encore.

En quelque sorte par sa demande et par ma réponse, je suis lié à Isabelle quoi qu'il puise arriver et où que je sois.

Voilà presque six mois que je l'ai rencontrée. Six mois que sur le chemin de nos vies nos âmes se sont trouvées et que mon cœur a pris un rythme différent.

En cet instant alors que je l'aide à se relever, c'est lui que je dépose dans sa main.

Alors que j'enserre délicatement la douceur de ses doigts, avant de les lâcher je n'ai qu'une envie. Une envie poussée, rythmée, par les battements à tout rompre qui frappent dans ma poitrine.

Je m'imagine poser mes mains sur ses épaules, puis les quitter pour doucement venir encadrer son visage et guider son regard pour que dans l'intensité du mien il comprenne la sincérité qui m'anime, la réalité de mes sentiments.

Je m'imagine lui dire : « Isabelle, que ce soir les étoiles soient mes témoins pour entendre et confirmer ce que j'ai à te dire ; Isabelle je t'aime, et je crois que c'est depuis toujours… ». Je m'imagine même ayant un malaise qui me met aux portes de la vie, et avant de les franchir, la remercier d'avoir été sur mon chemin. Mais tout cela reste imaginaire.

Une fois encore, par peur de la perdre, je décide de bloquer mon désir de lui avouer cette vérité, et à tout perdre, je préfère jouer la carte de l'amitié.

Je lui lâche la main, son bras vient naturellement se poser sur mon épaule le temps que nous quittions la route pour aller nous asseoir sur le muret de sa maison. La voiture est passée, la nuit retrouve son calme mais pas moi.

Nous devisons encore un peu, nos sujets sont plus légers mais je ne suis plus à l'ambiance.

Je pense avec peine qu'il me faut rentrer pour me reposer avant ma prochaine journée de travail. Avec peine car je crois savoir au fond de moi que cette nuit est unique. Unique par les évènements qui nous ont permis de rester seuls ce soir, unique dans la vibration particulière de cette douce soirée d'été, sous un ciel étoilé qui me semblait complice de la tension qui nous unissait : tension de l'attente de ce que chacun allait dire.

Unique car Isabelle part pour plusieurs semaines pendant lesquelles beaucoup de choses peuvent se produire : son cœur est libre lui.

Devant mon soudain silence elle me demande si quelque chose ne va pas. Je n'ai aucun mal à répondre, mais je force mon sourire.

– Tout va bien ! Seulement il faut que j'y aille : je travaille dans quelques heures. J'aimerais pourtant que cette nuit se prolonge ou se renouvelle d'autres fois. Je suis trop bien ici avec toi.

– Max, tu sais que tu peux venir quand tu veux Je sais, mais je sais aussi que souvent ce ne sont que de banales paroles que l'on place dans la conversation.

– Non je t'assure ! me dit Isabelle le sourcil étonné de cette méfiance avouée.

– Avant de partir j'ai une question à te poser. Tu te souviens, dans le bus la première fois ? Pourquoi t'étais-tu assise à côté de moi, alors que l'on ne se connaissait pas, et qu'il y avait de la place ailleurs ?

Ma question la surprend un peu. Elle semble chercher avant de répondre :

– Je ne sais pas, je ne me souviens pas trop. C'est important ?

Sans plus d'explication je la raccompagne jusqu'à sa porte. Elle me remercie encore d'avoir été là et de lui avoir fait vivre cette soirée si particulière.

Je la quitte en prononçant un : « Bonsoir à bientôt, tu m'appelles quand tu veux. »

Je ne pense même pas à laisser une ou deux bises sur ses joues.

Je fais le chemin du retour jusque chez moi, la tête dans les étoiles, le cœur gonflé de toutes les tensions et de toutes les émotions contenues ces dernières heures.

Heureux de la confiance et donc du privilège qu'Isabelle m'accorde.

La tête heureuse de ce que je venais de vivre mais tout de même préoccupée. Si Isabelle avait obtenu de moi mon amitié, qu'avais-je assuré de mon côté ?

Certainement pas la facilité de lui ouvrir mon cœur.

Je n'avais qu'une seule interrogation en tête : ai-je fait le bon choix en répondant oui à sa demande ?

N'aurait-il pas été plus prudent de prendre le temps de la réflexion ? Peut-il y avoir compatibilité entre amitié et amour ? N'est-ce pas le sacrifice de l'un pour l'autre ?

Ne dois-je pas profiter de cette relation de confiance pour justement lui expliquer en prenant garde de ne pas l'effrayer, que j'éprouve à son égard beaucoup plus que de l'amitié ?

Le sommeil me surprend alors qu'étendu sur mon lit, je cherche encore à trouver la réponse à cette question.

La nuit ne m'a pas vraiment apporté de réponse, au contraire : je me réveille avec d'autres interrogations. Mes quelques heures passées à dormir ont été agitées par un rêve auquel je ne trouve aucune explication.

Je voyais quelqu'un attendre dangereusement sur la voie de chemin de fer l'arrivée d'un train, et de cet endroit on apercevait la maison d'Isabelle.

Plus tard je me suis vu une gerbe funèbre à la main. Je ne comprends pas ce que cela signifie. Je n'ai jamais prêté attention aux explications des rêves. J'oublie bien vite ces images qui n'ont pas leur place dans mon état d'esprit. Enfin, c'est ce que je croyais. La fin de la semaine s'est écoulée dans l'impatience de revoir Isabelle avant qu'elle ne parte en vacances. En attendant samedi j'ai rongé mon frein pour ne pas lui imposer ma présence.

Pour m'aider à tenir et ne pas me laisser tenter, après ma journée à l'usine je retrouve Christophe à la piscine. Par ces beaux jours d'été, il est plutôt satisfait de sa situation de convalescent, mais il lui tarde tout de même de retrouver le travail et Christelle.

Je lui ai raconté ma longue soirée avec Isabelle. Il a du mal à croire et à comprendre que je n'ai rien tenté pour l'embrasser, rien tenté pour l'enlacer ou pour lui dire ce que j'éprouvais.

Il m'a laissé entendre qu'elle avait peut être provoqué ce rendez-vous dans l'espoir que j'ai un peu d'audace, « Toutes les filles sont pareilles » m'a t-il dit.

Bien sûr j'ai défendu « l'honneur » d'Isabelle en lui expliquant qu'elle n'avait rien de « toutes les filles » justement. Quand je lui ai demandé pourquoi à ma place il aurait agi ainsi, la seule réponse qu'il ait pu me donner est :

– C'est comme ça que les garçons et les filles montrent qu'ils s'aiment !

– Qu'ils s'aiment ou qu'ils veulent passer aux travaux plus pratiques ? Dis-moi ! Comment toi tu conçois l'Amour ?

– Moi je ne conçois rien du tout. Tu verras il n'y a rien de mieux que d'avoir une fille dans ses bras, c'est tout ce qui compte. - Alors je ne dois pas être comme tout le monde. Je préfère arroser la jeune pousse, regarder la fleur éclore du bourgeon, voir ses pétales s'ouvrir et embellir le paysage sa vie durant, au lieu de la couper et de la regarder mourir dans mon vase.

Aujourd'hui ce samedi est un jour particulier. J'arrive en vue de la maison Souvignet pour l'anniversaire d'Isabelle.

Je suis là pour répondre à l'invitation de sa sœur. Comme à aucun moment Isabelle ne m'a fait part de cette journée, je me suis convaincu qu'elle ignorait que quelque chose était préparé. Je suis là aussi, car un peu poussé par Christophe, j'ai fini par décider de confier à Isabelle mon tourment. Je vais lui expliquer que je me suis laissé porter par mes sentiments. Lui expliquer qu'elle n'est en rien coupable de quoi que ce soit, mais que j'ai de plus en plus de mal à contrôler ce que ces absences et sa présence enflamment dans mon cœur. Lui dire que si mes sentiments n'ont pas d'écho, ils n'ont pas lieu d'exister plus longtemps, et que si tel est vraiment son désir je les étoufferai pour ne lui donner qu'une amitié sincère et honnête. La convaincre que ce choix impossible, je me sens capable de le réaliser. C'est un peu idiot mais qu'avant de faire ce sacrifice je voulais qu'elle en soit consciente.

Non pas pour que l'on me plaigne ou pour obtenir sa compassion, et encore moins pour gagner quelque chose, mais pour qu'elle comprenne que si ce sacrifice un jour ne m'était plus supportable, je pourrais subitement ne plus jamais vouloir la rencontrer.

Je me suis également dit sans trop y croire, que le côté positif de cette décision serait qu'elle donne un signe favorable à mes sentiments. Ne m'a t-elle pas confirmé qu'elle m'appréciait ? N'attend-elle pas comme l'a dit Christophe autre chose de moi ?

Je suis vraiment décidé, prêt et motivé pour mettre un terme à cette ambiguïté ; et son départ lui laissera le temps de réfléchir à ce qu'elle me répondra.

N'ayant pas pensé à poser la question lorsque Danielle m'a invité, je ne sais pas si ma présence est une surprise ou non. Au cas où cela doit en être une, j'essaye d'arriver jusqu'à leur maison, le plus discrètement possible.

Je coupe le moteur de mon engin avant d'entrer dans la cour et je chemine sous le balcon pour être dissimulé des fenêtres de la salle et de la cuisine. C'est là que je dépose ma mobylette et que je reste un peu à attendre car je ne suis pas rassuré. J'ai vraiment le trac à penser que je vais lui ouvrir mon cœur.

Je prends le temps de me calmer en vérifiant que personne ne me voit.

Après une minute où tout continue de se bousculer dans ma tête, je décide de poursuivre mon chemin pour entrer par le sous-sol, en longeant la maison comme le ferait un voleur.

Et là, stupeur ! En arrivant devant la porte du garage je suis surpris de trouver la mobylette d'Olivier.

J'ai un serrement au cœur que j'ai du mal à contrôler ; mais bon sang qu'est-ce que cela veut dire ?!

Je suis avec lui toute la journée au travail, et il ne m'a même pas parlé de son passage chez Isabelle, alors que moi je lui avais confié l'invitation faite par Danielle.

Il y a là vraiment de quoi perdre son calme !

Je réalise immédiatement que cela signifie pour moi l'impossibilité de pouvoir, comme je l'espérais, entretenir tranquillement Isabelle de mes sentiments naissants.

J'en suis un peu essoufflé, et je dois faire un effort pour que des larmes ne franchissent pas la frontière de mes yeux.

Je me retiens de ne pas donner un coup de pied dans sa mob ; je sais que cela ne changerait pas grand chose.

Sans chercher plus à comprendre, je fais demi-tour, décidé à rentrer chez moi.

Je ne suis pas vraiment énervé, il est très rare que je le sois, mais je suis fâché voire même vexé aussi dans mon amour propre.

Je m'étais sûrement et inconsciemment imaginé être le seul invité : être celui qui est le « plus digne » de participer à cette réunion familiale. C'est certainement cela qui me fait réagir ainsi. Mais qu'Olivier ne m'ait rien dit sur l'invitation qu'il a dû recevoir augmente ce sentiment de vexation.

De nouveau sous le balcon, je m'assois sur la selle de ma mobylette pour prendre le temps de la réflexion. J'ai dit à Danielle que je serai là aujourd'hui, et ça me déplaît de la décevoir : ça sera le cas si je pars.

Pourtant je ne me sens ni le courage ni l'envie de me forcer à les rejoindre. Je préfère m'en aller maintenant.

– Hé ! Salut max ! Tu rêves ou tu te caches là-dessous ?

La voix qui m'interpelle est celle de Christelle. Je me retourne pour la voir arriver. Elle finit de traverser la rue pour entrer dans la cour.

– Alors ! Que fais-tu là sous le balcon ? me demande t-elle, tu montes avec moi ? - Je me faisais la réflexion que je suis venu les mains vides, et que cela ne se fait pas trop lorsque que l'on est invité.

– Parce que tu crois que nous sommes invités pour arriver avec un paquet à la main ? Mais non ! Ce n'est pas comme ça ici. Allez viens ! Nous allons arriver en retard. Moi je rentre de courses avec maman. Mais toi, tu n'allais quand même pas repartir parce que tu es venu les mains vides ? - Si, je crois. J'hésitais encore quand tu es arrivée.

– Allez monte avec moi.

Christelle me prend le bras, me pousse à la suivre. C'est une chic fille ; je n'ai jamais trop pris le temps de la regarder, mais je comprends qu'elle devine pas mal de chose. Elle semble discrète et toujours de bonne humeur.

Au fond je suis heureux de son arrivée. Je m'en serais voulu d'être reparti sans avoir vu Isabelle et d'avoir fait défaut à Danielle.

Dans le sous-sol nous montons l'escalier, Christelle devant, je lui laisse ouvrir la porte du couloir. Je ne sais pas qui je vais trouver, et j'ignore si Danielle attend que je fasse ou dise quelque chose.

Ca rigole fort dans la cuisine, je reste sur le pas de la porte. Puis j'entends Christelle qui me dit :

– Viens entre.

Je respire un bon coup, rectifie mon attitude et franchis le seuil de la cuisine.

Avant même d'avoir dit bonjour je constate que seule la famille d'Isabelle est présente : ses sœurs, son frère Mikaël, madame Souvignet et Isabelle, assis autour de la table discutent et rigolent. Je ne vois pas Olivier.

Je fais une espèce de révérence à la mousquetaire et lance un :

– Bonjour tout le monde ! Bonjour madame !

Isabelle est surprise, le sourcil droit relevé je vois bien qu'elle ne feint pas, mais je vois surtout qu'elle sourit.

– Tiens je ne pensais pas que tu serais là ; bonjour !

Danielle ne me laisse pas le temps de répondre :

– J'ai proposé à Max d'être présent quand tu souffleras les bougies. Nous sommes tous là, nous allons pouvoir passer au goûter.

Madame Souvignet qui m'invite à m'asseoir, se lève pour aller chercher le gâteau. Danielle se déplace sur le banc pour que je puisse m'installer à côté d'elle. De fait je me retrouve face à Isabelle toute souriante à qui je demande :

– Olivier n'est pas ici ? J'ai vu sa mobylette dans la cour.

En posant cette question je sens en moi « s'évaporer » la tension qui tout à l'heure me poussait à partir.

Madame Souvignet revient portant le gâteau sur lequel les bougies sont déjà allumées. Le « joyeux anniversaire » entonné par l'assemblée reporte à plus tard la réponse à ma question.

Isabelle devant moi se lève, et d'un souffle qui caresse mon visage, fait disparaître les flammes sous la clameur des bravos.

Quand la dernière flamme s'éteint, c'est un discret « merci d'être venu » qu'elle m'adresse. Christelle assise à côté d'elle m'observe, le sourire dans ses yeux.

Gâteau, boissons fraîches et rigolades accompagnent ce moment de partage. Tout le monde est de bonne humeur, et chacun a une anecdote rigolote pour l'entretenir.

Entre deux bouchées Isabelle se penche vers moi pour me préciser :

– Parfois Olivier laisse sa mobylette ici quand il prend le bus. Je crois qu'il est à Dijon aujourd'hui.

L'après-midi déroule très vite ses heures, le temps d'une balle aux prisonniers à trois contre trois jusqu'à ce que la maman d'Isabelle rappelle à sa troupe qu'il est temps de penser à préparer les bagages : le départ pour les vacances a lieu demain.

Ma proposition empressée mais discrète de les aider est acceptée. Ce prétexte me permet de pouvoir rester ici encore un peu avec eux, de rester encore un peu près d'Isabelle.

Puis arrive le moment où Olivier est de retour ; il vient récupérer sa mob.

Après quelques instants à discuter avec tous, il remercie les parents d'Isabelle avant de quitter la maison. Je l'interpelle.

– Attends-moi Olivier ; je pars avec toi !

Je décide de profiter de son passage pour quitter les lieux. Je sais que je vais avoir un peu le bourdon de m'en aller, mais si je ne profite pas de cette occasion je risque d'être encore là jusqu'à trois heures du matin.

Isabelle est absente quand je la cherche du regard ; je la retrouve dans sa chambre préparant ses affaires.

– Bon ! Il es temps pour moi de vous abandonner aussi, je m'en vais Isabelle. Je vous laisse terminer votre préparation. Passe de bonnes vacances là-bas. Au retour tu m'appelles si tu veux.

Tu sais ! Les soirs de beau temps, quand tu regarderas les étoiles pense à moi…Je te ferai peut-être signe.. - Max attends ! L'autre soir ta question pour la place dans le bus : j'ai la réponse. - Ah oui ! Tu t'es souvenue ?

– Oui ! En fait quand Olivier t'a appelé pour te présenter Maryse, tu m'as souri mais tu n'as pas cherché comme les autres à m'approcher. C'est pour cette raison et ton sourire je crois, que je me suis assise à côté de toi : je voulais savoir qui tu étais ; voilà !

Ses mots résonnent encore dans ma tête alors qu'avec Olivier nous quittons Vosne-Romanée sur nos mobylettes.

En cette fin de journée, dans le pré derrière la maison profitant comme d'habitude de ces soirées chaudes, à l'entrée de ma tente, près du feu de bois qui projette ses ombres dansantes sur les murs voisins, je suis étendu les yeux rivés aux étoiles. Je sais qu'une période vient de prendre fin, je sais qu'au fond de moi pointe l'angoisse de la séparation, l'angoisse que les conditions ne soient plus aussi favorables lorsqu'Isabelle sera de retour. Je me laisse envahir par le sommeil, seul remède qui permet aux tourments de la vie de trouver un temps de répit. Je me rends compte aussi que ce tunnel au fond duquel j'avais vu avec méfiance poindre à nouveau la lueur de l'amour, je l'ai franchi malgré moi, aspiré par les évènements de ma petite vie. Dans cette luminescence naissante mais distante, autour de moi les parois de ce tunnel sont noires, et dans le tourbillon qui m'emporte, m'entraîne, me secoue, je suis jeté dans les tempêtes de la vie.

Huit ans plus tard, 1984

Quelle heure est-il ? Je me suis endormi sans m'en rendre compte. Mince, déjà ! J'ai moins d'une heure pour être sur place. Je me suis assoupi alors que j'ai un impératif à respecter. Aujourd'hui c'est le mariage, et je dois absolument être présent. Je m'empresse de quitter l'appartement, passe mon blouson et attrape mon casque avant de fermer la porte. Je ne traîne pas pour enfourcher ma moto, une Honda 750 CBC bleu-nuit qui avait fait applaudir Olivier lorsque le jour de mon permis moto j'étais, pour annoncer ma réussite, arrivé chez lui en la conduisant. Dans un démarrage rageur, je pars pour l'église de Gilly où personne ne m'attend ce samedi de mai 1984. J'arrive volontairement en avance sur le parking de l'église, et je me place sur le trajet que suivra le cortège pour entrer dans l'église. Isabelle ne pourra pas ignorer ma présence, et je pourrais la voir dans sa belle robe de mariée. De sa sortie de voiture jusqu'à l'entrée de l'édifice, sera pour moi le seul instant de la cérémonie auquel j'aurai le droit d'assister, et personne ne m'en empêchera.

En attendant son arrivée, assis sur ma moto le casque posé sur le guidon, une allure à la James Dean, rebelle à cet événement, je ne peux empêcher la bousculade de mes pensées de dérouler le film des années écoulées.

Huit ans ont passé depuis cette nuit sous les étoiles avec Isabelle. Je me souviens comme si c'était hier de la fin de cet été. Olivier n'a pas continué de travailler en août à l'usine, c'est d'ailleurs moi qui ai pris la place qu'il occupait ; j'ai maintenant plus de responsabilités.

Christophe et Christelle se sont retrouvés très souvent : presque à chaque fois en ma compagnie. La maman de Christelle a même laissé entendre qu'elle aurait préféré que ce soit moi le prétendant de sa fille. Oui, peut-être aurait-il mieux valu, mais mon cœur n'en n'avait pas décidé ainsi. Mes parents sont rentrés de vacances, j'ai été un peu plus présent à la maison. Isabelle aussi a fini par revenir. Je me souviens que j'étais impatient de la revoir, mais toujours en retrait de mes sentiments, sur la réserve. Le temps s'est doucement écoulé : les jours ont raccourci. En fait les occupations de chacun nous ont vite amenés à la rentrée des classes. Nous avons encore partagé de bons moments ensemble à quatre ou à deux, et toujours copain copain. Mais autre chose s'était installé entre Isabelle et moi : pas une distance, mais comme une présence supplémentaire. La scolarité a redonné du rythme à nos journées. Contrairement à l'année précédente je n'ai pas hésité à me rapprocher d'Isabelle quand l'occasion m'en était donnée : notre amitié est restée la même.

Je dirais qu'elle a même pris un caractère plus complice. Et pourtant…

Gérard Lenormand

1977, je suis de passage chez Isabelle, madame Souvignet travaille dans la cuisine, et nous dans sa chambre nous discutons. Alors que la radio diffuse de la musique, Isabelle me dit à un moment précis :

– Max écoute cette chanson, je te la dédie.

Je prête attention aux paroles mais la fin arrive déjà. Ce que j'en retiens sont ces quelques mots :

« Tu sais je te comprends très bien, un ami t'en fais pas c'est toujours fait pour ça. Ça joue les seconds rôles ta tête sur mon épaule. Un ami c'est facile ça tient au bout du fil et tu débarques en pleine nuit. »

Isabelle à qui je demande qui est le chanteur, me réponds qu'il s'agit de Gérard Lenormand.

Sur le moment je ne comprends pas trop ce qu'elle me dit et ne saisis pas le contenu des paroles que diffuse la radio. Aussi à la maison, après l'école et avant de m'endormir, je surveille pendant quelques jours les émissions pour avoir la possibilité d'enregistrer cette chanson sur ma radiocassette.

Cette dédicace est un tournant dans mes choix musicaux, et la découverte de ce chanteur me conduit à deux situations nouvelles.

La première concerne les chansons. Alors que jusqu'à maintenant la musique en général correspondait plus à un bruit de fond dans mon univers qu'à autre chose, afin de savoir pourquoi Isabelle m'a dédié celle-ci, je commence à écouter les paroles que les chanteurs mettent en musique.

En découvrant celles de Gérard Lenormand, c'est comme si j'avais ouvert la porte à un oiseau en cage. Tout ce que j'avais dans le cœur : toutes ces interrogations, tous ces bonheurs, toutes ces humeurs, qui quelque part nichaient au fond de moi, ont pris leur envol dans l'air des ces paroles qui résonnent au diapason de mon vécu. La deuxième est de comprendre la raison de cette dédicace. Je sais qu'elle m'a dit cela pour me remercier d'être ce que je suis, mais du coup je m'interroge pour savoir si je dois être plus ou moins présent, plus ou moins à l'écoute, plus discret ou plus entreprenant, sans parvenir à trouver la réponse. Je vois bien que depuis l'année dernière je n'ai pas trop avancé, j'en suis presque au même point : je suis amoureux en toute discrétion. Oui bien sûr je suis devenu un proche d'Isabelle, un proche de sa famille. Je peux même dire que j'ai l'impression d'avoir une deuxième famille. Mais si moi j'ai réussi à me rapprocher, Isabelle elle, est restée la même.

Ce n'est jamais elle qui sollicite ma présence. Parfois même j'invente un prétexte pour l'avoir au téléphone lorsque la journée nous ne nous sommes pas vus suffisamment.

Alors forcément je cherche à comprendre le pourquoi de cette dédicace.

Christelle que je vois assez souvent lorsque Christophe la rejoint, m'a dit un jour :

– Max tu souffres, et tu souffres inutilement. Cette fois-là je lui ai affiché un franc sourire en lançant :

– Mais non ! où as-tu vu cela ? Je suis heureux d'être avec vous.

En fait, elle voyait très bien ce que je cherchais délibérément à me cacher, ce que je ne voulais pas m'avouer.

M'avouer qu'il y a presque un an j'ai laissé prendre un feu que volontairement je n'ai pas maîtrisé. Je n'ai rien fait pour l'activer, mais je l'ai laissé brûler, et dans la chaleur de ses flammes, m'emporter si haut que j'en ai perdu le contrôle de la réalité.

La réalité dont la sagesse était de me limiter à ce qu'Isabelle m'offrait : être un copain et ne rien attendre de plus.

Enivré par les sentiments que mon cœur lui m'offrait de vivre je ne pouvais que déraisonner. Mais aujourd'hui dans la lumière des paroles de ce chanteur, j'ouvre les yeux sur le gouffre qui me sépare de cette réalité. Brutalement mon ascension s'arrête.

Et si mon ascension vient brutalement de cesser, ce n'est pas pour autant la chute libre, pas encore.

Je suis comme en état d'apesanteur, les bras écartés, la tête et le cœur entre deux niveaux. Mes yeux balayent du haut vers le bas ce qui m'entoure : sous mes pieds l'immensité d'un vide dans lequel je ne veux pas m'écraser, et au-dessus de moi la beauté que dessine le feu de mes sentiments.

Je suis maintenant obligé de me casser la nuque pour, la tête en arrière, la conserver dans mon champs de vision.

Ces chansons qui bercent mes interrogations ont, dans leur texte, le contenu de mes sentiments du moment. Il me faut alors peu de temps pour avoir ce qui me semble être une idée géniale : acheter l'album de Gérard Lenormand et l'offrir à Isabelle.

Aussitôt pensé, aussitôt fait. Un aller en stop à Dijon me permet de me rendre à la librairie de l'université. Là au rayon disques nous avons la possibilité d'écouter dans les cabines un ou plusieurs vinyles pour mieux choisir. C'est avec Olivier que j'ai découvert cet endroit.

Les chansons de Gérard Lenormand qui me touchent plus particulièrement, ne sont pas réunies dans un même album. J'en écoute quelques-uns et me décide enfin pour acheter le double album qui porte le nom de Nostalgie. La dépense est plus importante que prévue, mais en contrepartie, me voilà l'heureux possesseur de ce double 33 tours, il va devenir pour moi le messager de mes sentiments.

Si Isabelle m'a dédié une chanson, je vais moi pouvoir lui dédier l'album entier. Elle saura ainsi forcément ce que je ressens, connaîtra si elle l'entend, ce qui résonne au fond de mon cœur.

Lors du trajet retour dans le bus, jusqu'à Vosne j'ai le temps de relire toutes les paroles des chansons écrites sur la pochette de cet album. Lorsque j'arrive, c'est madame Souvignet qui me reçoit.

– Tiens tu es donc là toi ?! me dit-elle.

C'était imprévu c'est vrai. Il faut dire que ce n'est pas mon genre ni dans mes habitudes, mais ce que je veux faire a pris tellement d'importance dans ma tête, me paraît tellement être une bonne idée, que je ne veux pas attendre.

– Isabelle viens voir ici, Max est là ! lance madame Souvignet.

La porte de sa chambre s'ouvre ; Isabelle apparaît le sourire aux lèvres.

– Tiens bonjour. Tu es de passage ?

– De passage oui. En fait j'ai là quelque chose que je veux te donner.

– Ha bon ?! Qu'est-ce que c'est ? Attends, viens avec moi.

Nous prenons la direction de sa chambre. Madame Souvignet reste à ses occupations.

Isabelle s'assoit sur son lit et me fait face, je reste debout.

– C'est quoi cette histoire ? me demande t-elle, le sourcil relevé.

– Tu sais depuis que tu m'as dédié cette chanson de Gérard Lenormand, j'ai appris à l'écouter et à l'aimer. Dans ses paroles il exprime tellement de beaux sentiments, qu'à mon tour j'ai voulu te dédier quelque chose.

J'ouvre mon sac plastique duquel j'extrais le double album. Je le tends à Isabelle à qui doucement je dis :

– C'est pour toi, je veux te l'offrir et te dédier tout ce qu'il contient.

Dans un timide merci, Isabelle se saisit de l'album, hésite un peu, puis regarde son contenu. Inquiet j'observe les traits de son visage.

Je ne vois rien, et pire encore, Isabelle reste silencieuse. Je ne sais comment interpréter cela. Mais je suis soudainement tendu.

Quand enfin des mots sortent de sa bouche, elle me dit :

– Max tu es fou ! Un double album…Il a dû te coûter très cher.

Elle lit le texte de quelques chansons, reste de nouveau silencieuse pendant ce temps.

Je suis encore debout à l'observer. Je me dis qu'elle va commencer à comprendre ce tourment qui brûle en moi, qu'en écoutant au calme ces chansons elle…

Soudainement, Isabelle se relève me regarde et me dit.

– Non c'est trop Max, je ne peux pas.

– Tu ne peux pas quoi ?

– Je ne peux pas accepter, cela n'est pas pour moi.

– Mais si justement Isabelle, c'est pour toi ! C'est pour te remercier de m'avoir fait connaître ce chanteur et aussi pour le plaisir de te faire ce cadeau.

– Non Max, il ne faut pas.

En disant cela Isabelle me tend les disques.

Je ne comprends pas ce qui se passe ; j'ai l'impression d'avoir un gong qui résonne dans ma tête, j'ai du mal à clarifier mes pensées.

– Tiens reprends le. Je suis désolée je ne peux pas garder ça pour moi. Je ne peux pas accepter.

La main que je tends pour prendre les disques tremble un peu, et je me mords la lèvre alors que mes yeux se troublent.

La photo de l'album montre le chanteur dans un champ, marchant les mains dans les poches, avec pour arrière plan un ciel nuageux.

Ces nuages sont aussi en train d'envahir mon cœur. Je vois Isabelle qui me regarde l'air sincèrement désolée.

Pourtant à cet instant je lui en veux ; c'est la première fois depuis que je la connais.

Je lui en veux de ne pas comprendre l'importance qu'avait pour moi ce présent. Je lui en veux de briser l'espoir que j'avais mis dans la compréhension que devaient lui apporter les chansons qu'elle écouterait.

Je ne suis même pas vexé : juste triste de ce qui arrive.

Maintenant je crois sentir qu'une lame chaude et coupante me traverse le cœur, où ce feu qui a toujours brûlé semble maintenant battu par les vents d'une tempête jusque là inconnue. La douleur de sa brûlure se répand, l'envahit.

J'ai rangé l'album dans son sac. Sans rien dire je sors de la chambre d'Isabelle pour discrètement quitter la maison Souvignet.

Arrivé dehors, mes disques sous le bras, je pars en courant jusqu'à la route nationale.

Je suis bouleversé par ce qui vient de se produire. Tout à mon plaisir de lui offrir un peu de moi, je n'ai à aucun moment imaginé qu'elle pourrait refuser. Il m'avait même paru évident qu'elle comprendrait, qu'elle finirait par écouter ces chansons et deviner ce qui avait pu motiver ce cadeau.

Dans mon ascension qui avait cessé, c'est un trou d'air que je viens de subir, une secousse qui me fait battre des bras, équilibriste qui chercherait à se rattraper, entre immobilisme et chute vers ce précipice que je ne veux pas voir.

Je reste encore en suspend, la chute n'est pas là mais cette fois et malgré moi, j'ai les yeux tournés vers ce trou noir qui semble m'attendre.

Je quitte Vosne-Romanée à pieds en longeant la nationale pour rentrer, et tout en marchant je contiens ces larmes qui cherchent à me brouiller la vue.

Bataillant contre tout ce qui me passe par la tête, je me rends à l'évidence qu'en fait j'ai calqué sur Isabelle ma façon d'agir, ma façon de ressentir.

J'ai commis cette erreur de croire que l'autre peut penser comme moi, l'erreur de penser à la place de l'autre.

Sans m'arrêter de marcher je me retourne pour regarder sa maison. La fenêtre de sa chambre donne sur la nationale et peut-être suit-elle du regard mon départ.

Les voitures et les camions qui me dépassent m'induisent dans leur souffle d'air qui m'enveloppe et me secoue. Des idées noires m'assaillent, et si je me laissais tomber là sur la chaussée, juste au moment où passe un véhicule….

Tout se bouscule dans ma tête, je ne sais plus où j'en suis. Pourtant je parviens à conserver le contrôle de la situation. Je me décide pour un geste moins grave : je vais briser les disques et les jeter dans le fossé. Je pense qu'Isabelle peut encore me voir, elle comprendra que je suis blessé.

Je m'arrête, sors les vinyles de leur pochette : je vais les casser sur mon genou avant de disperser les morceaux. Un gros camion me dépasse en klaxonnant.

Je ne peux m'empêcher de regarder une fois encore l'image de cet album au nom de Nostalgie.

Les mains dans les poches le chanteur aussi à l'air nostalgique : mais il avance.

Dans ma tête aussi j'avance : ma raison essaye de se faire entendre : « Tu l'as payé cher cet album, il serait dommage de le jeter, garde-le pour toi au moins. Tu ne connais pas toutes ces chansons, écoute-les, elles t'aideront peut-être toi aussi comme tu pensais qu'elles le feraient pour Isabelle. »

Je m'assois sur la rive du fossé laissant mon regard se perdre sur l'horizon, mes tensions en profitent pour s'apaiser.

Dans mes réflexions je me dis que je ne veux pas qu'Isabelle me voit ainsi, et sans plus tarder je reprends ma route mes disques sous le bras.

Arrivé à la maison je gagne directement ma chambre. Je n'ai pas envie que l'on connaisse mon désarroi.

Le seul tourne-disques existant est celui de l'école. Presque un meuble qu'il faut porter à deux mains et dont l'unique haut-parleur mesure un mètre cinquante. Je n'ai jamais utilisé ce genre d'appareil, pourtant j'ai envie d'écouter les disques que je viens de ramener ; pas dans la classe mais dans ma chambre.

Je retrouve papa à son bureau pour lui demander l'autorisation d'emprunter cet appareil, maman est aussi là.

Je m'attendais à un refus ou pour le moins à devoir fournir une explication sur la raison de cet emprunt, mais c'est un « oui tu peux » qui m'est adressé.

Alors que maman m'observe, je lance un rapide merci et quitte les lieux avant que mon visage trahisse l'événement que je traverse.

Le lourd appareil est monté en deux trajets jusqu'à ma chambre. Ces vingt-et-une marches de l'escalier en bois qui mène à l'étage, sont gravies à la lenteur imposée par le poids de ce que je transporte.

Mais j'ai aussi l'impression qu'un autre poids encore plus lourd plombe mon cœur, donne à mes gestes et à mes réflexions la sensation d'être englué, la sensation d'être anesthésié.

Une fois le tourne-disques installé et branché, je n'attends pas pour écouter les chansons que j'avais choisies pour Isabelle. Volontairement je mets le son assez fort : peut-être sera t-il entendu à l'extérieur de ma chambre, message de tristesse pour ceux, s'il en est, qui essayeraient de comprendre ce qui m'arrive.

Je verrouille ma porte, puis je m'allonge sur mon lit où les yeux fermés, je me laisse porter par la nostalgie que diffuse le haut-parleur. Dix fois pour le moins j'aurai ce soir-là écouté ce double album, et inconsciemment, je me suis laissé recouvrir par son épaisse gangue de nostalgie.

Les jours suivants, je passai mon temps libre à écouter encore et encore ces chansons.

Je ne suis pas retourné chez Isabelle. L'école comme nos sorties entre Olivier, Christophe et Christelle, ont continué à rythmer ces moments avec elle.

Chose nouvelle pourtant, je souffrais de sentir mon cœur faire le hérisson : je le sentais fermé, en boule, hérissé, sur la défensive.

Le feu de cet amour qui m'avait envahi ne s'étouffait pas. Il continuait de brûler dans cette boule fermée. Je ne pouvais lui apporter ni oxygène, ni évacuation. Je ne savais pas comment le gérer.

Dans les moments que nous partagions, j'installais de la distance entre elle et moi. J'avais encore plus l'impression de ne pas être à ma place. Peut-être parce qu'elle n'a jamais évoqué le jour de ce refus.

En apparence j'essayais de tenir cette distance. De surcroît j'avais aussi du mal à définir mon attitude intérieure, elle me semblait ambigüe, car je continuais d'être l'ami sur lequel elle pouvait compter et s'appuyer. Ambiguïté qui comme un soufflet de l'enfer activait le feu qui me dévorait.

J'ai inconsciemment tenté une parade, peut-être plus exactement un contre-feu. Il a eu pour nom Danielle.

Danielle la sœur d'Isabelle. Je la voyais presque à chaque fois que nous nous trouvions à Vosne. Nos relations étaient sympathiques, maintenant je riais même plus avec elle qu'avec Isabelle.

Un jour elle a commencé à prendre des leçons de code pour passer son permis de conduire. Moins de trois kilomètres séparent Vosne de Nuits où elle se rend à bicyclette par les chemins de vignes.

Ses leçons ont souvent lieu en fin de journée, horaires auxquels je suis généralement déjà rentré de l'école.

Il m'a fallu peu de temps pour lui proposer de l'accompagner sur le trajet qui la mène à Nuits. Elle en a ri au début, puis a dû penser que je me sentais obligé. Danielle m'a bien évidemment dit que ce n'était pas la peine que je l'accompagne, qu'elle pouvait faire la distance seule.

Pourtant au fond, j'étais un peu inquiet de savoir qu'elle rentrait justement seule la nuit tombée.

Au premier trajet je lui ai d'une certaine manière imposé ma présence, mais elle a très vite apprécié qu'avec ma mobylette je puisse la tracter accrochée à mon épaule.

Moi j'en profitais pour être heureux de lui rendre service, heureux d'avoir sa main posée sur moi.

C'était aussi l'occasion quand j'attendais au bas de sa maison qu'elle soit prête, comme à notre retour de ses leçons, de parfois retrouver Isabelle.

Dans ces moments-là je ne faisais qu'échanger avec elle des banalités, mais je gardais de cette manière le contact, essayant de paraître indifférent à sa présence ou à son absence. Essayant…

J'étais tout de même gêné d'imposer à Danielle ma présence lors de ses déplacements jusqu'à Nuits. Pas sans raison valable en tout cas ; et vis à vis de Michel son ami non plus.

Alors je me suis inscrit dans la même auto-école, afin de passer la licence qui permet à 16 ans de conduire une moto de 125 centimètres cubes.

Je n'en avais pas vraiment l'utilité ne possédant qu'une mobylette, mais le prétexte pour accompagner Danielle en devenait réel, et je pouvais toujours dire que j'avais le projet d'acquérir prochainement une moto.

Les jours donc continuaient de s'écouler ainsi, dans l'insouciance d'une jeunesse qui avance dans la vie avec ses hauts et ses bas, avec ses coups de gueule et ses coups de cœur.

Et ces jours qui lentement défilent, font avancer l'année sans que rien ne change vraiment.

Le printemps et ses premières chaleurs étaient de nouveau là. La scolarité présentait aussi sa fin qui cette année, imposait encore à l'échéance de la troisième l'épreuve du brevet. Malgré l'immanquable stress que cet examen faisait monter, l'air du temps baignait dans une ambiance joyeuse.

Pourtant un de ces soirs où je me rendais avec Danielle au code, j'ai senti qu'un drame se jouait.

Pour avoir petit dormi dans la même chambre que ma grande sœur, j'ai appris inconsciemment à reconnaître la peine qui habite le cœur d'une fille.

Ce soir-là, j'attendais comme à chaque fois devant sa maison le moment où elle allait surgir pour me rejoindre sur sa bicyclette.

Habituellement je la voyais arriver vive, souriante, une plaisanterie en introduction à notre bout de soirée partagée.

Mais cette fois ce n'est pas moi qu'elle regardait en arrivant, mais le sol devant ses pieds. Le joli sourire qui illuminait son visage avait laissé la place à de la tristesse.

– Bonjour Max, on y va ! furent les seuls mots qu'elle a prononcés du bout des lèvres.

Je n'ai rien tenté pour essayer de savoir ce qui se passait. Je comprenais aisément que cette attitude annonçait quelque chose d'inhabituel, de grave, pour que dans cette famille où le rire est inné, Danielle que je voyais toujours joyeuse, semble ce soir si triste.

Sa main accrochée à mon épaule nous avons parcouru en silence les quelques kilomètres qui nous séparaient de l'auto-école.

Malgré ma discrétion, elle a remarqué que je voyais les larmes qui troublaient ses yeux. Jamais je ne l'avais vue ainsi, et dans un sourire forcé elle a essayé de me faire croire qu'un moucheron lui avait touché un œil un peu trop fort.

Par respect je n'ai pas laissé manifester ma curiosité, mais au fond, j'espérais que l'amicale complicité que nous partagions depuis quelques mois l'aurait encouragée à me parler, pour se défouler ou soulager un peu sa peine si bien sûr c'était possible.

Arrivés à destination j'étais maintenant gêné d'être le témoin de cette souffrance silencieuse. J'ai préféré la laisser rejoindre seule les bancs de l'auto-école.

– Tu ne viens pas Max ?

– Non pas ce soir, je n'ai pas assez révisé, je vais faire trop de fautes. Vas-y, j'attendrai là dehors que tu finisses.

Mon excuse était fausse car comme à chaque fois je m'étais bien préparé pour cette séance de code ; mais ce soir j'aurais eu trop de mal à me concentrer perturbé par ce que je venais de constater. Je me suis donc assis par terre pour attendre comme un bon gros toutou que l'heure du retour arrive.

Chez elle en attendant qu'elle sorte de sa maison, je n'avais rien remarqué de spécial, ni même entendu de cris laissant supposer qu'une dispute pouvait être l'origine de son état. Et une dispute ne l'aurait pas empêchée de lancer ses habituelles plaisanteries.

Non ! Quelque chose de plus personnel certainement devait la toucher, mais de quoi pouvait-il s'agir ?

A la sortie de sa leçon elle avait l'air un peu mieux et affichait un sourire que la tristesse de ses yeux faisait mentir.

Sur le chemin du retour elle essayait aussi de me donner le change en me racontant un peu sa journée, mais sans conviction.

– Tu sais Danielle, je préférerais que tu m'annonces que quelque chose ne va pas et me dises que cela ne me regarde en rien, au lieu d'essayer de me faire croire que tout va bien.

De nouveau j'ai vu les larmes couler sur ses joues. Je me suis senti idiot, je m'en voulais, et déjà nous étions en vue de sa maison.

– Arrêtons-nous là un peu Max, je ne veux pas rentrer les yeux rougis.

– Danielle écoute, je ne veux pas savoir ce qui t'arrive si tu penses que cela ne me regarde pas. Je veux juste que tu oses me demander de l'aide si tu es dans le besoin, c'est tout. Ce soir garde le silence, je pense que c'est mieux ainsi.

Je lui ai raconté quelques bonnes grosses plaisanteries qui ont eu pour effet de la faire rire, et ses larmes séchées, nous nous sommes séparés.

Cette fin de journée, c'est perplexe que je rentrais chez moi, commençant à douter de l'estime que pouvait me porter Danielle. Le lendemain samedi, je tenterai d'obtenir des nouvelles.

Je ne pouvais supporter l'idée qu'elle puisse souffrir sans que j'ai essayé de lui venir en aide.

Dans ce temps qui passe, je parvenais à ne pas trop m'éloigner de la famille Souvignet. Retrouver régulièrement Danielle me permettait d'être présent chez eux, j'arrivais de la sorte à ne pas trop me soucier de ce que l'avenir me préparait avec Isabelle : relations plus distantes encore, ou rapprochement amical ?

Je me laissais porter par les évènements, mes pas dans les paroles des chansons de Gérard Lenormand.

Olivier, qui préférait écouter les groupes tels que King Grimson, Ac/Dc ou Kiss, ne manquait pas de se moquer de mon côté sentimental que j'exposais lorsque je déclarais mes préférences musicales.

Le petit groupe que nous formions, Christelle, Christophe, Isabelle, Olivier et moi, continuait de vivre au travers des sorties que nous avions : au café de Boncourt-Le-Bois, au bal, au cinéma à Dijon, lors des ballades à pieds ou à cheval, ou en soirées chez l'un ou chez l'autre.

Groupe dans lequel je me sentais vilain petit canard malgré l'ambiance, malgré les rigolades…

Autour de moi, mes compagnons de ces moments avaient l'air heureux de vivre.

L’enfant à naître

Samedi après-midi je suis revenu à Vosne. Je savais qu’à un moment j’allais avoir l’occasion de rencontrer Danielle, et je ne m’étais pas trompé, car à l’instant ou j’arrivais devant sa maison, elle sortait de la cour pour se rendre à pieds à l’épicerie, en haut du village. Elle a accepté mon offre de l’accompagner ; j’ai laissé ma mobylette chez eux.

Après avoir échangé quelques plaisantes banalités, un peu de silence s’est installé entre nous. Elle avait toujours l’air aussi grave que la veille, marchant malgré son attitude désinvolte, le regard fixé au sol, jusqu’à ce que nous arrivions.

Ses achats terminés, Danielle m’a proposé de continuer de marcher un peu dans les chemins de vignes, avant que nous retournions chez elle. Je devinais qu’elle se préparait à me dire quelque chose, et acceptais sa proposition.

– Bien sûr que je veux continuer avec toi, mais tu me laisses porter tes courses.

La météo était aujourd’hui encore avantageuse, et le beau ciel bleu qu’elle donnait à cette journée positivait tout ce que je voyais, tout ce que je ressentais.

Danielle me semblait en difficulté et j'étais prêt à affronter ce qui pouvait la perturber, ne serait-ce que pour lui rendre son sourire.

Nous arrivions dans une petite ruelle quand Danielle s'est arrêtée.

– Comment la trouves-tu Max ?

– Comment je trouve qui ?

– Là !… Cette maison ! Tu la trouves comment ?

Danielle me désignait la maisonnette qui nous faisait face de l'autre côté de la ruelle.

En pierres comme toutes les maisons de ce village et comme toutes celles des villages de notre région, cette maison qui me semblait petite ne manquait pas de charme.

– Vue de l'extérieure je l'aime bien, à qui est-elle ?

– Viens, continuons de marcher, je ne veux pas trop rester là.

Je l'ai suivie sans rien dire, et nous sommes arrivés sur le chemin de vignes, un peu derrière la maison qu'elle m'avait montrée.

Là, nous nous sommes assis sur le muret de pierres qui clôture la parcelle de vignes bordant la route.

Devant nous s'étendaient les toits des habitations, puis au-delà, le ruban noir de la route nationale, et juste après nous pouvions encore apercevoir la maison de ses parents.

A mes cotés Danielle tentait un sourire qui ne parvenait pas à cacher la crispation de ses traits.

– Merci Danielle de m'offrir cette ballade. C'est joli ici, j'aime bien, et c'est du bon temps pour être dehors.

– Oui !… Alors la maison tu la trouves vraiment sympa ? Elle n'est pas trop renfermée dans cette ruelle ?

– … ? Non je t'assure. Je trouve même que ça pourrait être la maison d'une fée.

– C'est là que je vais habiter maintenant ! Bientôt…

– Comment ça ? Tu ne veux plus rester chez tes parents ? Tu as envie de partir ?

– ….

– Danielle c'est quoi cette décision ? Je ne suis pas certain de comprendre : tu t'es fâchée avec quelqu'un ? C'est pour cela que tu avais l'air soucieuse et triste hier ?

– Je n'ai pas été très sympa avec toi Max. Tu as toujours un mot gentil, tu es toujours là pour donner un coup de main, et moi je ne voulais pas te mêler à mes histoires.

– Ne t'inquiètes pas pour moi, mais de quelles histoires parles tu ?

–… Max je suis enceinte.

Un coup de masse sur la tête ne m'aurait pas plus ébranlé. Du cœur au cerveau, cette annonce me parcourait et me secouait avec force. J'avais du mal à croire ce que je venais de comprendre : Danielle, « ma » Danielle était donc dans une situation qui n'avait rien de simple.

Je comprenais qu'elle se trouvait soudainement plongée de force dans l'avenir que son destin lui avait préparé. Quelque soit la méthode employée, il venait de la prendre par la main, de la pousser à l'eau en lui disant : « vas y ! C'est à toi maintenant ».

Ma surprise non feinte était totale. De surcroît bien que je ne me sois jamais vraiment posé la question, je réalisais alors que la relation entre Danielle et Michel était plus importante que le flirt auquel j'avais jusque-là songé. Un instant même, un éclair de colère m'a traversé l'esprit : j'ai imaginé qu'il avait pu abuser de la confiance de Danielle.

Puis à la réflexion, il me semblait les connaître assez pour être certain que cela ne pouvait pas être le cas.

Je n'ai laissé qu'une seconde de mon temps pour ces pensées confuses. Je devais songer à bien réagir pour que Danielle qui était à mes côtés ne se sente pas encore plus en difficulté. Je comprenais à quel point en parler ne devait pas lui être facile.

– Mais c'est super ! C'est une belle nouvelle que tu m'annonces là Danielle. La vie veut que tu deviennes maman… Merci aussi de la confiance que tu me portes. Tu veux m'en dire un peu plus ?

– A la maison l'ambiance est tendue avec maman qui n'imaginait pas du tout cela. Tu comprends, sa fille… Elle nous a toujours dit qu'avant le mariage nous devions pas « coucher » Michel et moi, et là, elle est devant le fait accompli. Je ne peux pas rester à la maison, pas avec ce qui m'arrive.

– Mais non ! N'exagère pas. Et puis avec Michel vous avez sûrement déjà pensé à une solution adaptée.

– Non ! Tu comprends c'est un accident ! Je ne suis même pas certaine que Michel veuille actuellement d'une vie en couple. Ce serait même le contraire et je ne veux pas l'obliger.

Dans ma tête les rouages de mes pensées tournaient à plein régime. Je cherchais comment lui donner confiance en l'avenir.

Moi qui espérais pouvoir lui venir en aide…. Mais que pouvais-je faire du haut de mes seize ans face à un tel bouleversement de vie ? Y avait-il même quelque chose à faire ?

Je me suis levé et Danielle m'a laissé lui prendre la main pour l'inviter à reprendre notre ballade.

– La maison alors : c'est là où tu penses vivre avec Michel ?

– Avec ou sans lui, oui. De toutes façons je n'ai pas le choix.

– Ne t'inquiètes pas pour l'avenir Danielle, moi je sais que tu seras une super maman. Tu verras. Et en plus ça te va très bien.

Je lui avais lâché la main, son sac de courses dans l'autre, nous reprenions la route qui nous ramenait chez ses parents.

– Max tu n'en parles à personne, pas même à Isabelle s'il-te-plaît.

Je l'ai laissée devant chez elle, je ne voulais voir ni sa sœur ni sa maman, et encore moins Michel.

Danielle si joyeuse si gaie, de la sentir au bord des larmes me rendait un peu agressif.

Il me fallait prendre le temps de gérer cette nouvelle à tête reposée. Je voulais aussi trouver un moyen pour l'aider, quel qu'il soit.

Je suis resté volontairement éloigné de la maison Souvignet toute une semaine.

Un bouleversement complet surgissait dans la vie de Danielle, j'avais du mal à gérer ce qui arrivait, du mal à penser à tout ce qui allait changer, j'imaginais combien pour elle cela devait être pire. Ne savait-elle vraiment pas ce que Michel allait faire ? Je crois que c'est cela qui me tenaillait le plus. Imaginer que Danielle, la gentillesse incarnée, allait se retrouver dans une situation qui pouvait être désespérée, désarmée seule face à cette nouvelle vie.

Toute cette semaine j'ai essayé de faire le point sur ma vie aussi, sur ce que j'avais comme projet pour l'avenir, sur mes vrais désirs. Ce bilan effectué, j'ai pu avoir une vision assez claire de la solution qui pour Danielle s'offrait à moi.

Un samedi après-midi je suis retourné la voir : j'avais une proposition à lui soumettre. Elle lui permettrait d'être moins seule pour affronter ce qui lui arrivait.

De nouveau nous avons pu partager quelques instants lors d'une promenade.

– Alors Danielle, avec Michel où en es tu ?

– Je ne sais pas vraiment. J'ai l'impression que ses copains ont plus d'importance pour lui. Il s'est un peu renfermé et ne me dit rien.

C'est encore les larmes retenues que Danielle me dit cela, et à la voir ainsi dans sa peine, je n'ai pas hésité.

– Danielle ne pleure pas. Je ne veux pas que tu sois malheureuse, je ne veux pas que tu aies peur de l'avenir. Tu sais que je suis là pour t'aider.

– Je sais Max, je sais. Merci d'être là, mais tu ne peux pas grand chose pour moi.

– Justement si Danielle… J'ai toujours aimé les enfants, et je suis prêt à donner mon nom à celui que tu attends, prêt à être le papa de cet enfant pour que tu ne sois pas seule à l'élever.

– … ! Non, ce n'est pas possible, ne dis pas cela Max !

– Je t'assure que c'est ma décision Danielle. Tu sais que tu peux compter sur moi. Je ne te parle pas d'amour, mais d'une aide pour ces années à venir.

Le silence est tombé sur les pas de notre promenade, les larmes de Danielle nous ont encore accompagnés. Je n'arrivais pas à saisir ce qu'elle pouvait penser à ce moment-là.

De mon côté, je me préparais à un éventuel oui ; les conséquences auraient été immédiates.

Annoncer ma décision à mes parents, arrêter peut-être l'école pour trouver du travail, tenir le rôle d'un homme, d'un père, et oublier l'adolescent que j'étais.

En fin d'après-midi nous nous sommes quittés sans en avoir dit beaucoup plus. Danielle m'a une nouvelle fois remercié, et il m'a fallut patienter quelques jours encore pour connaître sa décision.

Je n'ai rien dit ni chez moi, ni à Christophe : Danielle m'a quelques jours plus tôt demandé de ne parler de sa situation à personne.

Une certaine angoisse occupait une bonne partie de mes jours, le trac plus exactement. Je n'ai absolument pas regretté la décision que j'ai prise, comme toujours, sous la conduite du cœur. C'est celle qui me semblait la plus évidente pour éviter que Danielle reste seule dans sa situation.

Mais tout de même, je m'interrogeais et m'inquiétais sur ma réelle capacité à subvenir à ses besoins. Je ne manquais pas de courage mais d'expérience. J'ai attendu la leçon de code suivante pour retrouver Danielle : une semaine s'était écoulée sans que je sache ce qu'elle avait décidé. Nous avons cette fois encore fait le trajet jusqu'à Nuits ensemble et sans aborder ce sujet. Pourtant l'envie de lui poser la question me brûlait les lèvres. C'est parce que je la sentais différente, plus détendue, que j'ai patienté encore un peu. C'est sur le chemin du retour, avant d'arriver, que j'ai fini par lui poser la question. - Danielle j'ai l'impression que tu vas mieux : cela me fait plaisir. Il y a du nouveau pour toi ? - Oui Max. Je suis heureuse, les nuages se dissipent, je suis soulagée, mon Lou m'a demandée en mariage. -… Mais, c'est formidable ! Effectivement c'est une très bonne nouvelle ! Je retire donc la proposition que je t'avais faite.

– Max tu es fou ! Te rends tu compte de ce que tu m'as proposé ? Tu aurais sacrifié tes envies, tes projets, pour moi ? Ce n'est pas possible…

– C'était vraiment sincère Danielle ; et cela n'aurait pas été un sacrifice. Maintenant je préférerai que l'on en parle plus.

– J'étais heureux pour Danielle, elle allait rester avec celui qu'elle aimait, quant à moi j'étais à la fois soulagé et déçu.

Soulagé de cette pression qui disparaissait de mes épaules, déçu car j'avais beaucoup de tendresse pour Danielle ; je sentais même poindre une once de jalousie, jalousie alimentée par la crainte que Michel ne l'aime pas vraiment, se sente obligé d'accepter ce mariage, et au final ne la rende pas vraiment heureuse.

La date de la cérémonie a été rapidement décidée. J'ai bien sûr, oserai-je dire, été invité au mariage.

Dans le fond de l'église, alors que le prêtre officiait, je cherchais encore à déterminer si Michel était sincère ou non. Je concluais que oui certainement, et lorsque que sont arrivées les félicitations, en lui serrant la main, les yeux dans les yeux, d'un air que je voulais sévère dans une mise en garde, je lui ai dit : « Surtout Michel, prends bien soin d'elle, et toujours. ». Car moi je le savais, je l'aurais fait pour toujours.

Peu s'en est fallu que je sois à son bras ; peut-être…

Finalement je n'ai jamais su ce que Danielle a pensé de ma proposition. Je les ai aidés à aménager, puis la vie a repris son cours. Danielle a obtenu son permis, moi ma licence.

Je ne suis le héros d'aucun livre, mais tout de même le héros de ma vie. Mes concepts sont peut-être d'une autre époque, peuvent choquer ou paraître déplacés, couverts de la poussière du temps, mais ils sont ceux que je respecte ; ils sont ceux qui font ce que j'ai été, ce que je suis.

Ils n'ont eu comme guide que le cœur qui les fait vivre, et brillent de l'Amour qui les nourrit.

C'est ainsi que ma vie déroule le fil de ses jours. C'est ainsi que j'aime, ris ou pleure : ignoré de ceux qui m'entourent, invisible à leurs yeux tant je cherche à ne pas les effrayer par le décalage que pourraient produire mes pensées.

Le temps de l'orientation scolaire est là. Il nous faut choisir la direction que nous voulons donner à la suite de nos études : choisir l'avenir professionnel qui sera le nôtre.

Je vais prendre la deuxième grande décision de ma vie : la première a été pour Danielle.

Quel sens, quel but donner à mes études ?

Je n'ai aucune idée de ce que je ferai dans l'avenir, je ne sais pas vraiment ce qu'il faut faire, et j'aime tant de choses. J'ai déjà pensé être chanteur, chauffeur routier, militaire, garde forestier, moniteur d'auto école, astronome, scientifique, baroudeur, archéologue et bien d'autres encore.

Mes résultats scolaires m'offrent la possibilité de continuer dans la voie littéraire, de passer un BAC G ; mais pour faire quoi ? Avocat, professeur, notaire ?

J'ai aussi la possibilité de m'orienter vers des études techniques, et dans ce cas c'est l'électronique que j'aime : réparer, chercher et réfléchir, concevoir, trouver des solutions à un problème posé. On dit de moi quc je suis très patient et calme : un atout dans ce genre de profession.

Quel que soit mon choix entre ces deux options d'orientation, il n'aura pas d'autres conséquences que de me faire perdre de vue Isabelle. Elle souhaite préparer un diplôme de comptabilité, et de fait ira à Beaune, alors que moi mes choix me porteront soit à Brochon pour le BAC, soit à Chalons en internat pour l'électronique. Je n'arrive pas à accepter cette fatale issue.

Olivier s'est décidé pour des études d'électromécanicien au lycée professionnel de Beaune. Son choix est la solution à mon dilemme : je ferais comme lui pour ne pas m'éloigner d'Isabelle ; après tout l'électronique n'est pas très loin de l'électromécanique.

C'est donc pour avoir encore la possibilité d'être avec Isabelle, que je m'oriente moi aussi sur une formation d'électro-mécanicien.

Je ne le sais pas encore, mais cette décision m'amènera à être dans la même classe qu'Olivier, et à devoir matin et soir prendre le bus emprunté par Isabelle.

Je ne parviens pas à trancher dans les sentiments que j'éprouve pour cette fille. L'esprit occupé à accompagner et à protéger de loin Danielle, m'a pendant quelques temps soustrait au feu qui brûlait en moi : mais il est toujours présent.

Je ne sais plus que faire pour avoir l'occasion de la rencontrer. Christophe vit sa romance avec Christelle, Olivier a ses occupations, moi je poursuis mes plongées dans l'écoute des chansons de Gérard Lenormand.

Je ne sais pas si elles jouent le rôle d'un baume apaisant ou si au contraire, sans que j'en sois conscient, elles alimentent en combustible l'incendie qui indéniablement me dévore.

Quoi qu'il en soit, je reste seul. Je n'ai même pas l'idée de faire d'autres rencontres : et pourquoi faire ?

Je sais que sur ce chemin nos cœurs se sont trouvés. Je ne contrôle pas leur invisible dialogue. Isabelle a encore moins conscience de ce qui se joue, mais ils nous rapprochent, nous rassemblent, en nous guidant vers notre destin, donnant à notre vie la leçon du moment.

De l’aide pour son amour

Notre petit groupe continue de fonctionner, de sorties en rigolades. L’été s’annonce comme celui de l’an passé. Je retourne travailler dans la même entreprise, Christophe et Olivier n’y seront pas cette année. La piscine, le plan d’eau de Saule Guillaume et les cabanes à frites seront aussi au rendez-vous. Depuis quelques temps je sens Isabelle plus proche, un peu soucieuse aussi. Elle m’entretient sur des sujets qui la concernent personnellement. Je sais aussi que je n’ai rien à attendre d’elle, je me confine dans une réelle amitié en tenant le rôle de confident lorsque cela s’avère nécessaire. Les évènements de la vie de Danielle ont un peu bousculé l’ambiance qui régnait chez eux, et de cc fait Isabelle naturellement me faisait part de ses incertitudes. Je n’ai rien à attendre d’elle, mais j’ai toujours ce feu au cœur, cette impatience de la retrouver, cette douleur lorsqu’il faut la laisser. Rien à attendre mais avec au fond, l’espoir que peut-être je serais celui qu’elle voudra trouver. Puis une nuit où nous marchons sur les chemins de Vosne à Flagey, Isabelle m’annonce :

– Max, je sais que je peux tout te demander, pourtant il y a quelques temps que j'essaye de te dire quelque chose, et je n'y arrive pas.

– Ce n'est rien de grave ? Je pensais à Danielle en disant cela.

– Non, je veux juste te parler de quelqu'un : un autre garçon.

– … !

Je n'ose rien dire, j'attends la suite en ayant peur d'avoir compris.

– Je peux, cela ne te dérange pas ?

– Bien sûr que non ! Allez, n'hésite pas plus longtemps !

– Voilà ! En fait l'été dernier lorsque nous étions en vacances, j'ai fait la connaissance du fils des amis de mes parents… C'est de lui dont je veux te parler.

– Tu vas me dire que tu es amoureuse et qu'avec les vacances qui reviennent, tu vas le revoir.

– … ?

Sourcil droit relevé, Isabelle me regarde l'air étonnée. Je ne la laisse pas dans le doute :

– Non je n'étais pas au courant, ne sois pas inquiète.

– Oui, c'est cela : j'aimerai le revoir, mais maman ne voudra jamais.

– Comment as-tu fait depuis l'été dernier, vous êtes vous revus ?

– Occasionnellement lorsque nos parents se retrouvent, mais principalement, nous nous sommes écris souvent.

Je reste un moment éteint, j'aurais voulu cette nuit me sauver en courant, la laisser là.

Après mon ascension, après mon arrêt brutal, maintenant ma chute. Jusque là je me trouvais d'une certaine façon, encore suspendu dans ce vide entre le sommet de cet amour qui m'avait poussé si haut, et n'ayant rien pour le concrétiser, le vide sous mes pieds ; je venais de sentir que quelque chose avait cédé.

J'étais en chute libre, sans rien pour me retenir, précipité vers la dureté d'un fond que j'allais percuter de plein fouet.

Je ne veux qu'elle, pourtant je suis le témoin involontaire de son cœur qui s'ouvre, qui se tourne vers un autre.

Il fait nuit, Isabelle ne voit pas les larmes qui bordent mes yeux.

– Max ça va ?

– Bien sûr ! Tu sais je ne suis pas vraiment surpris, c'est normal. Donc tu cherches à le revoir c'est ça ?

– Oui.

– Bien !... Mais moi, qu'est-ce que je viens faire là ?

– Il habite Beaune, jamais maman ne me laissera aller à Beaune seule, mais avec toi oui.

Ma chute venait de prendre fin : je m'étais écrasé dans le puits de mes sentiments sans fin. Je m'étais toujours plus ou moins attendu à cette situation, et malgré cela, cette annonce me sonnait pour de bon.

Notre ballade s'est poursuivie sans que je ne laisse rien paraître. Nous avons même prolongé notre discussion en cherchant la manière d'opérer pour convaincre sa maman de nous laisser aller à Beaune. Nous ne manquions pas d'imagination.

Je suis rentré chez moi bien tard ce soir-là, et si quelqu'un avait pu voir mon être intérieur, il aurait eu devant lui un jeune homme en béquilles, les membres plâtrés, couvert de bandages jusqu'à la tête ; mais plâtré ne veut pas dire mort.

J'avais décidé de continuer dans cette voie pour Isabelle puisque mon cœur battait toujours aussi fort pour elle, décidé de l'aider dans ses démarches.

Accepté aussi de trahir pour elle, la confiance que madame Souvignet mettait en moi.

Cette nuit-là, avant de me forcer à dormir, j'ai pris les deux disques de Gérard Lenormand pour les briser.

A compter de ce jour je me suis mis à écrire : dans un cahier d'écolier bleu, les pages se sont remplies de textes écrits au sang de mon cœur.

Ce cœur dans lequel l'incendie n'avait jamais cessé mais qui ce soir comme sous un vent tournant, venait de changer de direction.

D'un feu qui de lumière d'un phare alimenté par l'énergie de l'Amour, devenait soudainement incendie rageur poussé par les vents de la peine, s'auto-détruisant par fin de combustible.

Ma seule envie, mon seul espoir ? Conserver l'occasion d'être auprès d'Isabelle.

J'allais donc l'aider. A deux occasions je l'ai accompagnée à Beaune, sous divers prétextes acceptés par madame Souvignet, lui permettant ainsi de rencontrer son ami Thierry.

Une fois aussi avec la complicité de Christophe en invoquant une séance de cinéma pour voir « L'aile ou la cuisse ».

Christophe qui l'avait déjà vu, nous avait durant le trajet raconté l'histoire pour nous préparer aux éventuelles questions que nous poseraient madame Souvignet. Bien nous en pris, car cette fois-là, elle avait à notre retour voulu en savoir plus sur le film que nous avions vu.

Dans ces moments à Beaune, je laissais Isabelle à la porte de l'immeuble où habitait son ami, puis je passais mon temps à déambuler dans les rues de la ville avant de la retrouver à l'heure du retour.

Je savais qu'avec lui elle ne faisait rien qui aurait pu choquer la morale de sa maman, mais tout de même : il fallait que je prenne sur moi pour après l'avoir vue entrer chez lui, ne pas partir de là et rentrer seul. Isabelle avait besoin de partager un peu de ce qu'elle vivait en secret, et pour l'écouter me raconter ses angoisses, ses craintes comme ses joies, nous nous retrouvions assez souvent. Parfois même j'étais présent en même temps que Thierry qui, de temps à autre, venait à Vosne rendre visite aux amis de ses parents… Nous faisions dans ces moments-là nos ballades à trois, voire à quatre quand Christelle nous accompagnait. Isabelle m'avait présenté comme son meilleur copain, et Thierry qui était bien plus âgé que moi, certainement plus mûr d'un autre vécu aussi, se comportait agréablement avec nous. Je me souviens m'être fait la réflexion qu'il avait l'attitude d'un scout ou d'un enfant de cœur.

Ces soirées n'étaient pas désagréables puisque j'étais tout de même auprès d'Isabelle, même si ce n'était pas à moi qu'elle tenait le bras.

Lors dcs vacances estivales de cette année, comme je me suis retrouvé une nouvelle fois seul à la maison pendant un mois, il est parfois arrivé que nos sorties nous conduisent à Vougeot, à la maison, où nous pouvions disposer de tout notre temps sans être dérangés.

Je me trouvais alors en compagnie de deux couples : Christophe et Christelle, Isabelle et Thierry. Chacun d'eux s'installait dans une pièce, une chambre, et moi je rejoignais dans le jardin la tente où j'aimais passer ces nuits d'été.

Mon cerveau dérouté sans doute, se déconnectait de cette réalité qui sans cesse me taraudait. Il se contentait de rendre service, d'être celui qui leur permettait de se retrouver, tout en sachant là encore que la morale restait sauve : Isabelle et Thierry ne franchissant pas une certaine limite.

A un certain moment de cette période j'ai voulu marquer l'esprit de Thierry. Pour son anniversaire je me suis un peu forcé à lui offrir un cadeau. Il était fumeur : j'ai choisi de lui acheter un beau briquet or, pour lequel j'ai confectionné un paquet cadeau que j'ai confié à Isabelle.

Je me suis forcé, mais pas tant que cela en fait. J'avais avec ce geste deux objectifs : que Thierry m'apprécie encore un peu plus, et que ce cadeau soit l'occasion pour Isabelle d'entendre parler de moi par une autre personne. Leur faire penser aussi que j'étais de ceux qui n'avaient pas été invités.

J'ai réussi au-delà de ce que j'avais espéré. Thierry forcément très surpris par ce présent inattendu, m'a en retour transmis ses remerciements.

Ils me sont parvenus sous la forme d'une cassette audio sur laquelle étaient enregistrées des chansons de Georges Moustaki, de Marie Laforêt, et où Thierry m'expliquait sa grande surprise de recevoir ce très beau briquet, et ne pas comprendre à quoi il devait cette marque de mon « estime. »

C'est avec Isabelle que j'ai écouté cet enregistrement.

Le feu qui en moi brûlait et brûlait encore, commençait à attaquer mes dernières barrières de protection. Bien que le centre de l'incendie reste d'Amour, les flammes qui se répandaient devenaient destructrices, consumaient tout ce qu'elles touchaient.

Avec les béquilles, les emplâtres, et les bandages de mon être intérieur, je n'avais pas la possibilité de les fuir, figé, cloué que j'étais par cette situation que je ne parvenais pas à expliquer : par cette incompréhension de mon être et de mes ressentis en perpétuelles contradictions.

J'essayais de me protéger en me réfugiant dans les pages de mon cahier où je tentais, comme un pompier, de coucher sur ses feuilles, les flammes de mon cœur que je pensais ainsi pouvoir étouffer.

1984 - Sur le chemin de l'église

Assis sur ma moto, les premières voitures viennent stationner sur le parking de l'église. Des hommes et des femmes que je n'ai jamais vus, passent près de moi en se demandant certainement ce que fait ce motard si près de l'entrée.

Le prêtre que je connais bien, lui, sort du presbytère, et avant d'entrer dans l'église s'arrête à ma hauteur.

– Bonjour Max ! Alors tu es de la fête ? Tu as peur d'attraper froid que tu n'entres pas dans l'église ? Ou tu veux y rentrer avec ta moto ?

– Mon père, c'est vrai qu'il fait meilleur dehors sous ce soleil, et vous n'êtes pas loin de la vérité : je rentrerais bien avec ma moto car je n'ai pas été convié à participer à ce mariage.

– Oui je sais, on me l'a dit. Ne fais pas de bêtises… Mes prières iront vers toi Max.

Sur ces mots le père Debort m'abandonne et s'en va préparer son office.

Il y a bien des années que nous nous connaissons. Au catéchisme déjà, époque où je m'évertuais à décortiquer ce que l'on essayait de nous expliquer. Mais grandir dans la foi, sans avoir besoin de comprendre comment d'un bâton levé on pouvait séparer les eaux de la mer n'était pas mon fort, et de cette période je ne conserve que le souvenir d'un échec.

Il s'est traduit par une barrière que j'avais dressée, entre moi et lui qui tentait de me détourner des convictions de la vie que j'avais déjà.

Mais il y a eu Isabelle.

Réunion au presbytère

1977. Les vacances d'été sont déjà loin derrière nous. Cette année encore elles se sont partagées entre travail, sorties, ballades et baignades, sources de plaisirs partagés, malgré que je me sente un peu à l'écart dans ce groupe que nous formions, où chacun avait son amoureux.

Bien que nous soyons souvent tous les quatre, Christelle, Isabelle, Christophe et moi, j'étais le seul à ne pas vivre les moments complices d'un couple.

Il me semblait aussi qu'Isabelle commençait à se fatiguer des marques d'attention que je pouvais lui porter, même si j'essayais de les rendre aussi discrètes que possible, même si je tentais d'être effacé. Elle m'a avoué un jour avoir eu une lueur d'espoir lorsqu'un après-midi, à Saule Guillaume, je me suis fait « draguer » par une fille. Une belle fille c'est vrai, mais je n'avais pas la présence d'esprit de remarquer qu'elle cherchait à établir un "contact", et cela n'aurait rien changé que j'en sois conscient. Je n'avais dans mon cœur de place que pour une seule personne.

Espoir de me voir occupé à penser à une autre, espoir de ne plus me sentir en peine pour elle, espoir certainement aussi de moins se sentir étouffée par ma présence.

La rentrée scolaire nous a conduits avec Isabelle et Olivier, à mieux connaître Beaune, à partager aussi nos moments de trajets. Une autre vie commençait, celle qui allait nous préparer à nos futurs métiers, celle qui nous faisait découvrir après toutes ces années passées au collège de Nuits, un autre milieu, d'autres gens, une forme de liberté nouvelle.

J'avais donc conscience de peut-être écraser Isabelle par les lourdeurs que mes sentiments pouvaient lui faire subir. Pour ne pas la gêner, j'essayais de me faire aussi petit que possible, n'apparaissant que lorsque qu'elle me semblait dans le besoin : besoin de parler, besoin de partager ou de s'évader… Mais cela ne me suffisait pas.

Puis un jour, j'ai appris qu'avec ses deux frères elle participait au presbytère de Gilly chez le père Debort, à des rencontres de réflexions.

Réunions dans lesquelles certains jeunes se retrouvaient et débattaient sur un thème donné. L'idée de participer à ces soirées qui avaient lieu généralement en fin de semaine, m'a paru intéressante, au moins sur deux points essentiels. Le premier était le fait d'avoir la possibilité d'être présent là où se trouvait Isabelle, sans pour autant chercher spécialement à plus lui parler ou l'envahir. Le deuxième, était de me voir offrir l'opportunité de partager avec elle de nouveaux sujets de conversations étrangers à notre situation respective, mais liés aux thèmes de ces soirées. Là encore je me suis lancé.

Alors que je le rencontrai par hasard chez Isabelle, levant la barrière que depuis longtemps j'avais dressée entre lui et moi, le père Debort à qui je demandais quel était le but des réunions dont j'avais entendu parler, m'a invité à participer à l'une d'entre elles.

C'est pour cela que je me retrouve, le samedi soir, sur ma mobylette, circulant route de Gilly pour me rendre au presbytère. Mais je ne suis plus certain d'avoir eu une bonne idée.

Lorsque j'ai annoncé à Isabelle que j'étais invité à ces réunions, elle n'a pas semblé enthousiasmée ; et cette absence de réaction positive a un peu freiné mon élan.

Je tente comme je peux de me mêler à ce groupe. Je ressens la différence qui me sépare de presque chacun de ses membres.

Seul Mikaël et peut-être Patrick, ont une mentalité assez proche de la mienne. C'est d'ailleurs Mikaël qui un soir en sortant de chez le père Debort me dit :

– Max, il commence à faire froid ! Tu ne dois pas avoir chaud sur ta mobylette. Viens directement chez nous pour les prochaines fois, comme cela nous ferons le reste du trajet ensemble.

Quelle aubaine, je n'en avais pas espéré tant. J'ai donc eu cet hiver 1978, la possibilité de retrouver Isabelle le samedi soir : chez elle lorsque j'arrivais un peu en avance, ou dans la voiture lors des trajets, prolongés par le temps de la réunion au presbytère.

Je n'en conservais pas moins mes plâtres, mes béquilles, mes bandages, et je n'ai perçus que trop tard, cet enlisement dans lequel je m'enfonçais alors que je pensais pouvoir trouver un appui, rehausser mon moral.

Aux cours de ces rassemblements, Isabelle, je ne pouvais que le resentir, se tenait distante : elle faisait partie d'un groupe, et, traduisais-je, je venais l'envahir même là.

Dans la petite chapelle du presbytère, alors que nous étions réunis partageant des idées, ou méditant, c'est le feu de l'amour qui, détruisant les dernières barrières de mon cœur, devenait flammes de l'enfer.

Les premières fois où j'arrivais chez eux pour profiter du trajet en voiture proposé par Mikaël, lorsque j'étais un peu en avance, Isabelle prenait le temps de discuter de choses et d'autres avec moi. Mais au fil des semaines, elle s'est limitée à me faire entrer dans la maison, par politesse je pense, me laissant attendre dans le couloir, presque seul, le moment du départ.

Mon malaise, mon mal être, ne faisaient que grandir.

Pendant ce temps, mon cahier d'écolier continuait de se remplir d'une encre noire.

J'avais acheté à nouveau l'album de Gérard Lenormand, mais cette fois sous forme d'une cassette audio ; la première d'une longue série.

Olivier ne manquait pas de se moquer de ces réunions faites chez monsieur le curé, tout comme des chansons que j'écoutais.

Pour lui, la connaissance de Gérard Lenormand se limitait au « Gentil dauphin » et à « La ballade des gens heureux ».

C'est étrange, moi je ne les appréciaient pas du tout celles-ci, contrairement à toutes les autres où peut-être la nostalgie prédominait. Et dans ce répertoire, emporté par le tourbillon de mes secrètes douleurs, je ne cessais d'écouter : « La mort du cygne » et « Comme une rose noire ».

Les réunions à Gilly s'enchaînaient. Plusieurs fois, pour éviter cet affrontement moral avec Isabelle, j'avais refait le trajet seul sur ma mobylette jusqu'au presbytère, en prenant soin de faire prévenir Mikäel qu'il ne fallait pas m'attendre.

A chaque fois, étonné, il avait à juste titre insisté pour que je reprenne avec eux le trajet en voiture : le froid de cette saison était rude.

– Mais bon sang pourquoi ne veux tu pas profiter de la voiture ? Il y a de la place ! Tu sais que cela ne me dérange pas Max ! me disait-il.

Le froid l'emportait sur ma décision, j'osais faire le trajet avec eux. Inévitablement l'incident devait arriver.

Mikaël ne pouvait connaître mon tourment, et il n'avait pas à en subir les conséquences, ni même penser qu'il avait pu me fâcher au point que je ne veuille plus accepter son offre de covoiturage.

Une fois encore je prenais sur moi, une fois de plus l'acide qui me rongeait restait invisible de l'extérieur. Ce qui devait arriver…

Un de ces samedi soir où j'arrivais chez Isabelle pour attendre l'heure du départ, il pleuvait. Madame Souvignet m'ayant vu attendre dehors n'a pas voulu que je reste à l'extérieur ; elle m'a demandé de la rejoindre à l'étage alors que, au mieux, j'aurais préféré rester au sous-sol.

Mikaël avait été retardé et n'était pas encore prêt.

Je venais de surgir dans le couloir quand Isabelle est passée devant moi avec un bonjour, sans s'arrêter en rejoignant sa chambre. Quelques secondes je me suis retrouvé, comme ignoré, à me demander ce que je faisais là.

Il n'en a pas fallu plus pour que le barrage de ma raison finisse par céder. Il n'en a pas fallu plus pour que les dernières limites de cet incendie destructeur soient atteintes.

Seul dans ce couloir, j'en ai profité pour rebrousser chemin. Je suis rapidement sorti de la maison pour enfourcher ma mobylette et retourner vers le refuge de ma chambre.

Je venais de franchir un cap, je venais d'avoir une attitude de colère ; c'était la première fois qu'Isabelle allait me voir sous ce jour, la première fois que je lui tournais le dos.

Et là encore, elle n'était pour rien dans ce qui m'arrivait, j'étais le seul à qui l'on aurait pu faire des reproches. Enfin je crois.

Mes parents étaient absents ce soir-là. Moins d'un quart d'heure après mon retour, j'ai entendu sonner à la porte de la maison. Il faisait déjà nuit, mais en descendant l'escalier pour aller jusqu'à l'entrée sans allumer la lumière, j'ai vu et reconnu au travers des fenêtres, la voiture de Mikaël qui attendait moteur en marche, devant la maison. Je distinguais en même temps, une silhouette dont la main était encore sur la sonnette.

Isabelle était là. A attendre que je vienne lui ouvrir.

L'emballement soudain des battements de mon cœur m'a un peu freiné, c'était la première fois qu'elle venait sans être accompagnée de Christelle et de Christophe. J'ai hésité à lui ouvrir la porte.

– Allez Max, ouvre-moi !… m'a t-elle lancé sur un ton suppliant.

La partie haute de la porte était constituée d'une fenêtre que protégeait une ferronnerie d'art.

Je m'étais arrêté en bas de l'escalier. Je voyais derrière Isabelle, sur la place, Mikaël au volant de sa voiture : il venait de couper la lumière des phares.

Je n'osais pas regarder Isabelle qui attendait, à quelques mètres de moi, derrière la vitre.

Ma colère n'était pas redescendue. Colère aussi dirigée contre moi, pour être parti de chez les

Souvignet sans rien avoir dit à personne : sur un coup de tête.

Je m'apprêtais à remonter dans ma chambre quand, avant que j'ai amorcé mon demi-tour, Isabelle a tenté de me retenir.

– Max attends ! Ouvre-moi s'il te plaît…

Je me suis avancé jusqu'à la porte, n'ouvrant que la fenêtre : la grille séparait nos visages. Et là dans le sombre de la nuit, dans le bleu de ces yeux que j'ai toujours évité de fixer trop longtemps, j'ai, pour la première fois, vu couler les larmes d'Isabelle.

Mes sentiments contradictoires luttaient.

Comment ai-je pu en arriver là ? Faire du mal à celle que j'aimais…

Des larmes coulaient de ses yeux, mais je me suis dit qu'après tout j'en ignorais la raison.

Peut-être avait-elle eu des reproches de son entourage pour m'avoir laissé seul à mon arrivée. Peut-être qu'elle a été poussée à venir jusque-là pour s'excuser, contre son gré, d'où ces larmes.

– Pourquoi es-tu là Isabelle ?

– Mikaël m'a demandé où tu étais et pourquoi tu étais parti. Je suis désolée de t'avoir laissé seul tout à l'heure. Viens avec moi, nous sommes venus te chercher pour aller à Gilly.

– Non merci, il n'en est pas question ! Je ne viendrai pas. Qui est avec toi dans la voiture ? Et pourquoi n'avez vous pas pensé que j'étais déjà à Gilly ?

– Mikaël nous attend ; il est un peu fâché contre moi. Nous revenons de la cure, tu n'y étais pas. Allez viens ! Tu veux te faire prier ?

– Tu ne me connais pas assez pour penser cela ? Non merci ! Certainement pas. Laisse-moi maintenant s'il-te-plaît, je reste ici, je n'irai plus à ces réunions.

Sur ces mots, alors que je repousse la vitre, Isabelle tente de passer quelques doigts au travers de la grille, m'empêche un instant de refermer la vitre en me demandant une nouvelle fois de revenir sur ma décision. Puis le cœur torturé par mes envies contradictoires, tout en restant dans le noir du couloir, je la vois me tourner le dos, la tête basse et rejoindre son frère. Aussitôt la portière refermée la voiture quitte la place.

Une fois encore, je me retrouve face à moi-même. Je me demande si je n'aurais pas mieux fait de lui proposer d'entrer, d'entamer une discussion dans laquelle je lui aurais tout raconté depuis le début : au point où j'en étais…

Mais mon choix a été différent ; je suis conscient d'avoir franchi une étape, et en regagnant ma chambre je réalise à quel point la torture que je m'inflige peut faire mal. Je ne sais plus où j'en suis.

L'ombre de la mort

Je ne sais plus où j'en suis, je ne peux que me réfugier dans les paroles des chansons de Gérard Lenormand.

J'ai l'impression en les écoutant, qu'elles sont l'écho de mes tourments, l'impression qu'elles sont la vérité que doit entendre Isabelle, qu'elles sont le reflet de mon âme : reflet qu'elle aurait dû voir toute seule. Mais c'est moi que je dois fustiger, moi qui seul me suis conduit à cette situation.

Je me souviens de ces premiers temps où je la rencontrais, quand je voyais au fond du tunnel de souffrance de mes amours passés, poindre cette nouvelle lueur.

Je me souviens malgré mes peines passées, m'être autorisé à avancer pour voir de plus près ce qui brillait de nouveau au fond de mon âme.

Je l'ai fait sans m'assurer : en lâchant la rampe de sécurité que jusque là j'avais su toujours tenir. Cessant d'être prudent je me suis laissé envahir par cette éblouissante lumière, donnant à l'incendie qu'elle générait, de doucement venir ronger les dernières protections de ma raison.

Je cherche mon cahier : il faut que j'extériorise ce que j'ai en moi, il faut que je réussisse à gérer l'ouragan de cette tourmente.

C'est une période de ma vie où je me suis plus encore découvert le plaisir d'écrire. Je n'ai jamais vraiment tenu de journal intime car je pensais que c'était réservé aux filles : acte trop féminin.

Filles qui soit dit en passant, souvent et l'air de rien, tentent par cet intermédiaire de faire savoir à qui veut bien les lire les évènements de leur vie, leurs joies et leur peines.

Plaisir d'écrire au fil de l'eau mes ressentis ; plaisir de traduire mes émotions par des mots.

C'est ainsi que doucement je remplissais les feuilles de mon cahier bleu.

Au commencement, je déversais sur ces pages des textes construits : non pas un simple récit journalier, mais plus une approche de textes à chansons, car j'entretenais aussi, un peu l'ambition de pouvoir un jour chanter ce que j'écrivais.

Puis au rythme du feu qui me dévorait, au rythme des coups que j'encaissais, je suis passé assez rapidement des textes à chansons aux poèmes.

Je définissais les poèmes comme une suite de rimes rythmées, et surtout, dont le sens pouvait être double.

Bien que je ne le souhaitais pas, je pensais que quelqu'un pourrait un jour trouver ce cahier, et je ne tenais pas à livrer mes états d'âme du moment.

Je codais donc à ma manière ces textes ; enfin au début. Puis rapidement, je n'ai plus eu le temps, plus eu la force, de rédiger en dissimulant ce qui me taraudait.

Je n'avais plus envie de travestir quoi que ce soit ; finalement je voulais laisser une trace de ce qui m'arrivait.

Puis d'une trace à laisser, c'est une aide que j'essayais de trouver.

La solution me semblait-il, ne pouvait que venir d'une fin qui seule pouvait me sortir du piège dans lequel je m'étais enfermé.

Je ne voyais pas comment après tout ce temps, après toutes ces pensées uniquement consacrées à Isabelle, depuis tant de mois, je pourrais passer à autre chose, comment je parviendrai à l'oublier. Comment le pourrai-je maintenant que je m'étais englué dans l'espoir qu'un jour elle verrait que je suis là, que je suis celui qu'elle cherchait.

Dieu seul sait toutes les prières que je lui ai adressées : « Dieu fait qu'un jour Isabelle m'aime… »

Avec les prières, je n'ai pas manqué une occasion de faire un souhait.

Combien ai-je effeuillé de pâquerettes innocentes pour deviner si elle m'aimait, un peu, à la folie ou pas du tout ?…

Combien d'allumettes enflammées ai-je tenues jusqu'à ce que tout leur bois soit consumé, pour avoir le droit de faire un vœu ? Combien ai-je attendu de voir : la première étoile filante, la première hirondelle, le premier flocon de neige, pour à cette occasion faire monter au ciel mes vœux ?

Jamais je n'ai perdu espoir, jamais jusqu'à maintenant. Mais là, vraiment, il fallait que je parvienne à trouver une fin à ce supplice.

Je ne sais plus où j'en suis ; mes prières s'évanouissent emportées, dispersées par les flammes de cet incendie qui me dévore, et avec elles, tout espoir que je puisse retrouver une relation normale avec Isabelle.

La normalité serait d'être capable de lui parler, de la regarder sans que mon cœur dérape ; la normalité serait qu'elle ne soit qu'une fréquentation avec qui je partage quelques instants de vie, et non plus qu'elle soit celle que je veux entourer, protéger, approcher ; cette fille dont j'ai toujours voulu éviter de fixer trop longtemps le regard, de peur de me noyer au fond de ses yeux : Isabelle dont les éclats de rire lardaient sans cesse mon cœur.

La normalité serait d'arriver à lui dire :

« Isabelle je t'ai aimée, malgré moi, malgré toi, dans la souffrance de mon silence. Isabelle c'est maintenant fini : je tourne la page et je reste l'ami sur qui tu peux compter. »

Voilà la situation à laquelle j'aurais dû aboutir. Mais seul et sans appuis, sans renfort, toutes mes tentatives pour étouffer le feu qui me minait, n'avaient abouti qu'à me faire courir en tous sens.

En fait de tourner la page, ce sont les pages de mon cahier que je tournais, continuant de les couvrir d'une encre et de mots de plus en plus noirs. Immanquablement elles ont fini par se recouvrir d'un voile sombre.

Un voile noir qui ne pouvait qu'être libérateur.

Mes textes appelaient à l'aide, mes textes imploraient le radical secours universellement libérateur.

Même si mes actes restaient posés, encore contrôlés, mes espoirs embrouillés, mes pensées éclatées, n'attendaient plus qu'un événement.

Dans les lignes de mes écrits j'invitais la Grande Dame. Je la désirais tant, que je ne comprenais pas qu'elle soit décrite si effrayante ; je la désirais tant, que je ne voyais ni la noirceur de son long voile, ni le tranchant de sa faux.

Je ne jouais pas encore avec elle, mais je l'attendais. Mes prières n'étaient plus adressées au ciel pour qu'un jour Isabelle m'ouvre son cœur, mais sondaient la frontière de la vie pour que Dame la Mort ouvre sa porte et vienne abréger mes tourments.

Ma décision était scellée, désormais j'attendais sans avoir peur.

Etrangement, depuis cet instant je me sentais apaisé, en paix avec mes tourments. Un abcès était crevé, mais son poison s'écoulait en moi. Déterminé, j'attendais que dame la mort passe, mais je n'avais pas pour autant l'intention de la provoquer :

le suicide a toujours été à l'encontre de mes convictions.

Pour l'aider, je diminuais mon seuil de prudence, je devenais même, risque-tout à la moindre provocation, prêt à parier n'importe quoi.

Pour moi c'était maintenant les jeux de la mort.

Lorsque avec Olivier nous circulions à mobylette la nuit, j'éteignais mes phares, ou tentais la traversée de la route nationale sans vérifier si aucun véhicule n'arrivait : une roulette russe en quelque sorte.

D'autres fois, avec Patrick le frère d'Isabelle avec qui je me sentais en rivalité, nous avons dans nos mutuelles provocations, joué aux joutes du courage, comme se lancer face à face au volant d'une voiture. Le perdant était celui qui se détournait le premier.

J'ai toujours conservé ma trajectoire, et de fait gagné ces joutes. Patrick qui pourtant était une tête brûlée, me serrait la main en ne manquant pas de me dire dans un éclat de rire que j'étais cinglé…

La vie continuait malgré tout, et entre Isabelle, Christelle, Christophe et moi, l'amitié était là.

Elle continuait de nous réunir, de nous faire partager nos sorties, nos projets, et parfois nos confidences aussi.

Enfin, je recevais les confidences de ceux que je considérais comme mes amis, plus que je ne leur en faisais. Je ne voulais pas que mes problèmes personnels deviennent sources de moqueries. La honte que j'avais de m'être mis seul dans ce bourbier sentimental, me suffisait.

Quelques fois j'ai eu l'occasion de revoir Danielle, seul à seul. Il m'est arrivé à ces occasions de débattre avec elle sur la fin de vie volontaire. Cela me permettait de me sentir prêt et de pouvoir partir sans regret.

Les jours, les mois, continuaient de s'empiler. Le feu qui avait tant brûlé en moi, s'était réduit à l'état de braise ; un couvercle de mort étouffant son ardeur : couvercle qu'il ne fallait pas que je lâche.

Christophe était devenu l'heureux propriétaire d'une Fiat 128. On en a ri au début car elle était d'un beau jaune canari, mais elle était très solide, et nous étions bien dedans. Nous faisions pas mal de déplacements avec sa voiture : il était le seul à en posséder une.

Grands moments de bonheur ces instants où nous nous sentions « grands », emplis du sentiment de liberté qui nous animait, fruit d'une autonomie donnée par le salaire de nos mois d'été, liée aux trajets en voiture : ils nous permettaient de nous rendre ensemble où bon nous semblait, insouciants de la vie qui autour de nous filait.

Christelle et Christophe aux places avant bien sûr, Isabelle et moi à l'arrière. C'est dans un de ces moments d'insouciance que Dame la Mort s'est présentée.

L'accident

Avec Christophe nous allions souvent au café de Boncourt-Le-Bois. La route que nous suivons depuis Vosne est celle qui passe le long de l'autoroute, derrière Flagey. Depuis l'époque où je poussais ma petite sœur dans son landau, j'ai toujours eu la conscience du danger, la présence d'esprit d'anticiper ce qui peut arriver. Dans la voiture, nos plaisanteries et les tubes du moment que diffuse l'auto-radio, nous mettent de bonne humeur. Le temps est clair, la circulation est pour ainsi dire inexistante. Ce jour, comme toutes les fois que nous circulons, je garde mon attention en veille, quelque soit le conducteur. Nous avons confiance en Christophe, il est bon pilote, et a toujours fait preuve de sérieux au volant, prenant garde aux véhicules que l'on croise comme à ses passagers. Avec les multiples vœux que j'ai envoyés au ciel pour qu'un jour Isabelle m'aime, je pensais aussi qu'une action de bravoure à son encontre, mettrait en évidence que j'étais prêt à me sacrifier pour elle. Mais c'était avant ma prise de décision, avant d'inviter Dame la Mort. Le temps avait effacé toutes ces envies, et je voulais maintenant parvenir à me détacher d'Isabelle.

A la sortie de Flagey, sur la route de Boncourt, au croisement de la Berchère, un pont enjambe l'autoroute, sur notre gauche. Il nous faut le traverser pour arriver au village.

A la sortie du bois, dans la montée, nous approchons du croisement que nous devons franchir pour passer sur ce pont. Aucun stop ne gère ce franchissement, seule une croix de Saint- André rappelle le respect de la priorité à droite. Nous sommes prioritaires sur les véhicules qui du pont, arrivent sur notre gauche. Cette partie du trajet a toujours été pour moi une source d'inquiétude.

Je jette un œil à l'extrémité du pont pour vérifier si rien ne s'apprête à surgir de notre gauche. Je m'en assure avant que la vue soit rapidement obstruée par les barrières ajourées qui bordent le pont ; quand nous avançons jusqu'à être dans leur alignement, les barreaux qui les constituent semblent s'être resserrés pour former un rideau de fer opaque.

Nous poursuivons nos conversations, Christophe termine de s'adresser à Christelle, la vitesse de la voiture est réduite, et je le vois vérifier sur notre droite si rien n'arrive. Pourtant je ne sens pas la voiture ralentir suffisamment, signifiant qu'il va effectuer un contrôle avant de traverser pour s'engager à gauche.

Assis à droite et à l'arrière, une nouvelle fois j'essaye par le peu de visibilité qu'il reste entre les barreaux, de distinguer si une voiture n'est pas sur le pont.

Christophe surveille encore sa droite, et moi soudain, je la distingue au travers de la barrière : Dame la Mort, sous la forme d'une Ami8 grise arrivant sur nous.

Christophe ne me donne pas plus l'impression qu'il va s'arrêter : il ne l'a pas vue.

Nous allons être percutés, Isabelle est du mauvais côté, c'est moi qui devrait avoir sa place.

Simultanément, alors que je crie « Attention à gauche ! », je la saisis par les épaules, la tire contre moi, au maximum pour la protéger, le choc inévitable se produit et me plonge dans le noir de l'oubli.

– Max ça va ? Max… ?! ça va ?…

– Hum ?…

La voix de Christophe me fait revenir à moi. Je sens d'abord qu'une main pousse mon front et tente de me relever la tête, puis contre ma joue, des jambes ; je suis allongé sur mon côté gauche.

Je réalise que j'ai dû m'évanouir sous le choc qui s'est produit. J'ai l'impression que la main qui relève ma tête le fait avec dédain. Je suis sur les jambes d'Isabelle. Ca y est, je réagis. Je me redresse en me frottant un peu la tête.

Comment va Isabelle ? Bien en apparence. Je regarde vers l'avant, Christophe me quitte des yeux, dit à Christelle qui saigne de la main, qu'il va voir et revient, puis se glisse sur le volant pour sortir de l'habitacle par le capot : le pare brise n'existe plus. Je constate aussi que l'avant de la voiture est déformé.

Je suis Christophe du regard alors qu'il se dirige vers la voiture qui nous a percutés. Elle a dû reculer sous le choc ou nous projeter, car elle me semble distante. De ma place je ne vois pas trop son habitacle, mais j'aperçois Christophe se pencher pour voir ce qu'il contient, avant de revenir vers nous livide, en annonçant : « il est mort. »

Le conducteur était une personne âgée : un homme.

Un véhicule s'arrête, des gens descendent, j'entends au loin une sirène, et près de nous, Christophe qui pleure.

J'ai repris tous mes esprits, je me dis : « jaune la Fiat, mais solide comme une Fiat. »

Isabelle et Christelle semblent bien se porter : juste quelques coupures à la main que Christelle endure sans rien dire.

La gendarmerie et les pompiers nous prennent en charge, puis se sont les examens à l'hôpital qui nous assurent que nous n'avons aucune blessure grave et clôturent les évènements de cet accident mortel. Nous en avons très peu parlé entre nous par la suite ; peut-être parce que nous pensions que Christophe se sentait responsable.

Pour moi le bilan était désastreux.

Sans vouloir me vanter, je pensais avoir fait preuve de lucidité en ayant le temps de prévenir

Christophe. Et en tentant de protéger Isabelle j'imaginais que peut-être, naturellement, on m'adresserait pour ce geste un remerciement.

Seulement quand quelques jours plus tard je suis passé à la maison Souvignet pour prendre des nouvelles d'Isabelle, rien !…

A peine quelques mots sur l'événement qui aurait pu être plus grave, mais rien me concernant, ni pour savoir si j'avais été blessé, ni pour évoquer ce que peut-être j'avais évité à Isabelle.

Je me suis senti encore plus ignoré, et j'ai préféré me convaincre qu'Isabelle n'avait pas réalisé ce qui s'était produit, ou que sous le choc elle avait oublié, tout comme moi qui suis resté à jamais amnésique de l'instant où les voitures se sont percutées.

J'avais aussi vu de près, la mort passer ; elle ne m'était pas plus familière, mais j'avais acquis une certaine confiance en elle : je l'avais adoptée comme une chose de paisible, et non pas comme une souffrance.

Ce désastreux bilan ne m'a laissé aucun doute sur l'orientation que devait prendre la suite de mon histoire.

Trahison

Un geste ou l'esquisse d'un remerciement aurait encore pu changer ma façon d'aborder les jours et les semaines à venir ; donner un peu de considération à ce que j'étais, à ce que j'avais pu faire. Je me sentais désavoué. Dans ce domaine, c'est Isabelle qui m'a achevé. Bien que résolu à tout faire pour l'oublier, je n'éprouvais pas moins de sentiment à son égard. Tout ce qu'elle pouvait m'adresser ou omettre de faire, me touchait fortement. A plusieurs reprises, pour diverses occasions, j'ai eu le plaisir de lui faire un cadeau. Le fait qu'après le revers de l'album de Gérard Lenormand elle les accepte, me permettait de penser que malgré tout elle appréciait un peu quelque chose de moi.

Cette simple idée représentait pour moi déjà beaucoup : c'était un des rares points positifs qui ressortait dans cette étrange histoire que je traversais. Ma conception de la vie, des relations avec autrui, a depuis toujours été basée sur la confiance, sur la franchise. Je n'ai jamais dérogé à ces principes, et je n'avais pas jusque là imaginé qu'une relation amicale, comme celle que je partageais avec Isabelle, puisse aller à l'encontre de cette ligne de conduite ; et pourtant.

Une après-midi ou nous devions nous retrouver, Christelle, Isabelle, Olivier et moi, arrivés un peu en avance avec Christelle nous avons attendu les autres.

Nous discutions de tout et de rien, puis vint le sujet de la crainte que j'avais parfois de déranger Isabelle, lors de mes passages ou de mes appels téléphoniques.

Christelle qui croyait bien faire en me prodiguant comme conseil de savoir parfois ne pas trop insister, a dans la conversation laissé entendre que je dérangeais en fait assez souvent Isabelle : qu'il lui arrivait même de se forcer à me recevoir si elle n'était pas parvenue à s'esquiver en me voyant arriver…

C'est un premier coup de couteau dans le dos que je recevais là.

Elle n'a d'ailleurs pas manqué de préciser, pour "me rendre service" en me permettant de ne pas renouveler « ces petites erreurs », qu'Isabelle n'appréciait pas du tout que je lui fasse des cadeaux.

– Attends Christelle, tu plaisantes ?!! Tu sais que ce n'est pas sympa de jouer à me faire croire ce genre de choses ! Pas toi. C'est trop cruel, et pas en ce moment. Te rends-tu compte de ce que tu me dis ?

– Max, je préfère que tu le saches pour que tu ne l'apprennes pas de la bouche d'Isabelle. Je connais tes sentiments pour elle depuis longtemps, et je suis gênée de voir comment elle peut manquer de franchise avec toi. Souviens-toi du parapluie à tête de canard : elle a eu trop honte de recevoir cela en cadeau, et s'est ensuite moquée de toi chez elle…

– Mais lorsque que je lui ai donné elle m'a pourtant dit que cela lui faisait plaisir !…

Deuxième coup de poignard.

Au plus profond de mon âme je prenais de plein fouet, pas une claque, ni une vexation, mais la terrible douleur de la trahison. Que pouvait-il m'arriver de pire ?

Ma première réaction a été de comprendre que j'avais fait l'erreur de penser que mes goûts pouvaient correspondre aux goûts de ceux que j'aimais.

A cette occasion j'ai découvert que savoir faire plaisir n'est pas se faire plaisir, mais être attentif à correspondre aux besoins, aux goûts, aux envies de l'autre.

Si là était la limite de ce constat, ce n'était pas tragique en soi : mais il allait au-delà.

Le vrai drame était de réaliser que dans nos partages, l'attitude d'Isabelle, ce qu'elle semblait me donner, pouvait avoir été l'inverse de ce qu'elle pensait vraiment.

J'aurais pu limiter mon analyse à croire qu'il s'agissait d'un simple mensonge : mensonge de circonstance, se voulant protecteur pour éviter de me vexer, ou éviter de rajouter à ce que j'avais déjà du mal à gérer avec elle. Mais le choc de la réalité a dépassé cette limite.

C'est un vrai traumatisme que je subissais. J'éprouvais un violent et profond sentiment de trahison.

En effet, tout ce que je vivais, tout ce que je pouvais donner, dire et apporter à Isabelle, émanait directement du cœur, sans calcul, sans rien attente en retour, juste pour être celui sur lequel elle pouvait compter, celui qui l'aidait à passer les épreuves qu'elle avait à traverser, en résumé être un ami.

Et dans mon innocence à croire que ceux que j'acceptais de fréquenter pouvaient agir comme moi, je découvrais subitement qu'il n'en était rien, bien au contraire.

Rétrospectivement, je voyais le ridicule de chaque situation partagée avec Isabelle. J'imaginais ce que presque à chaque fois, elle avait pu penser de mes dires ou de mes non-dits, penser de mes présences ou de mes actes.

De l'ingénu que j'étais, je devenais brutalement méfiant, de tout ce que l'on pouvait me raconter, comme sur l'honnêteté de ceux qui m'entouraient. Je ne savais plus à quelle vérité me raccrocher. Y en avait-il eu une au moins une fois ?

Force m'était de penser que oui ; je ne pouvais concevoir que dès le commencement cette relation ait été entourée d'un manque d'honnêteté, de franchise. Ce n'était pas possible. N'est-ce pas elle qui avait souhaité que je sois son ami ?

J'ai regardé Christelle dans les yeux pour m'assurer une dernière fois qu'elle ne jouait pas avec moi, puis je lui ai tourné le dos.

J'ai quitté Vosne-Romanée pour trouver le refuge de ma chambre et de mes chansons. Ce soir-là, mes larmes sont venues noyer le restant de braises qui, dans mon cœur, continuaient d'entretenir sous les cendres l'espoir d'un nouveau départ.

C'est à la hache même que j'ai essayé de briser tout ce qui en moi pouvait encore me rattacher à Isabelle : souvenirs, mots, sourires, confidences.

Je ne parvenais pas à m'extirper de l'incompréhension produite par l'absence d'honnêteté dans nos partages.

La vivacité de cette blessure amplifiait l'envie d'en finir avec cette histoire, d'en finir de façon radicale. Mes tentatives d'oublier et de penser à une autre qu'à Isabelle, restées vaines, je ne voyais pas quelle solution soignerait ce dont je souffrais.

Je décidais alors de me rendre au devant de Dame la Mort.

Mourir sur les rails

Si le mot me répugnait, ce que je voulais faire restait sans conteste possible un suicide.

L'envisager me contrariait considérablement ; cet état d'esprit ne concordait pas avec ma véritable nature. Pourtant c'était me semblait-il, le seul moyen qu'il me restait de stopper cette histoire, de faire comprendre à Isabelle la réalité de ce qui m'habitait depuis ce jour où, au collège, je l'avais rencontrée.

Quelque chose en moi luttait tout de même contre cette radicale décision. Ma raison sans doute, comme mon subconscient, essayaient de me faire entendre raison, mais je ne suis pas parvenu à les suivre. Je noyais toute idée de lutte dans les chansons que j'écoutais : elles détournaient mes dernières résistances.

C'est donc dans cette lutte lointaine, dissimulée à mon entourage, que j'optais pour le choix de la méthode.

Je n'étais absolument pas connaisseur en la matière, mais tout de même, je restais méfiant sur l'emploi des médicaments ou d'une arme à feu, dont l'issue si elle n'était pas fatale, pouvait laisser des séquelles irrémédiables.

Le train était ce qui me semblait le… plus propre et le plus sûr. J'avais de surcroît décidé que je ferai cela sur la voie ferrée de Vosne-Romanée, sur le pont qui surplombait la route que nous avions prise tant de fois avec Isabelle ; elle était en vue de sa maison. Je n'ai eu aucun mal à trouver le moment propice pour mettre à exécution cette décision. Je m'étais quelque peu retiré des activités du groupe que nous formions, et je me rendais tristement compte d'un fait : personne ne venait me chercher. J'avais, par la force des choses, consacré mes temps libres et solitaires, à ressasser, préparer et peaufiner ce que j'envisageais pour parvenir à cette fin. Une après-midi d'une journée grise j'ai quitté la maison, déterminé, sans me retourner et sans avoir laissé le moindre mot qui aurait pu expliquer la raison du geste désespéré que je me préparais à réaliser. La seule idée que j'avais en tête, alors que tous se poseraient la question de savoir pourquoi j'avais mis fin à mes jours, c'est qu'Isabelle prendrait à ce moment-là conscience du désespoir qui m'habitait, conscience de ce que je n'avais jamais vraiment exprimé, de ce qui m'avait miné au point d'en arriver à ce choix.

Le jour J, je suis arrivé à Vosne-Romanée sur ma mobylette. Je l'ai déposée discrètement dans la cour de la maison Souvignet, puis j'ai repris, à pieds, la route qui passait sous la voie ferrée. Machinalement j'ai poursuivi mon chemin en direction de Flagey avant de me décider à agir.

Je suis revenu sur mes pas ne prenant aucune précaution pour me dissimuler aux regards : des éventuels promeneurs, travailleurs des vignes, des champs avoisinants, ou automobilistes que je pouvais croiser.

En fait c'est même un peu déçu de n'avoir rencontré personne, que je suis parvenu à accéder aux abords des rails : j'aurais voulu qu'à cet instant quelqu'un puisse lire sur mon visage mon désespoir.

Le long de la voie depuis mon emplacement, je surplombais la route de Flagey. Je voyais s'étendre la route nationale, et je pouvais observer la maison d'Isabelle.

J'ai passé un peu de temps à la regarder, en essayant de deviner ce qu'elle pouvait faire en ce moment. Je ne me dissimulais pas, souhaitant même un peu qu'elle ait l'occasion de m'apercevoir et qu'inquiète, elle vienne à ma rencontre.

Durant ce temps, les trains qui passaient dans mon dos m'assourdissaient dans le vacarme de leurs roues sur les rails, et les conducteurs qui me voyaient ne manquaient pas de faire retentir le klaxon de leur machine.

Rien ne bougeait du côté de la maison d'Isabelle, j'en étais un peu déçu. Je me suis assis sur le talus qui bordait la voie ferrée pour une dernière fois, faire le point avant le grand saut.

J'avais l'impression d'avoir l'esprit en bouillie, endormi par je ne sais quoi, m'empêchant d'avoir les idées claires. Je n'arrivais pas à me concentrer, ni à répondre aux dernières questions que je me posais. Je me demandais bêtement si je n'allais pas indûment faire de la peine, si je n'avais pas d'autres portes de sorties que celle que j'étais en train de me donner, j'essayais de comprendre comment j'en étais arrivé là.

A chaque train qui passait je me préparais un peu plus au moment fatidique où j'allais attendre debout sur les rails, me demandant si je serais assez courageux pour rester stoïque jusqu'au moment où je serais percuté. J'ai pensé que ceux qui ramasseraient mon corps se demanderaient ce que je faisais là, ne sauraient pas immédiatement s'il s'agissait d'un accident ou non, et que personne ne comprendrait ce qui avait pu me pousser à agir ainsi si je ne les aidais pas. Je devais donc leur laisser un indice.

Dans ma veste de treillis, j'avais pris soin de poser dans une poche, ma carte d'identité. J'avais aussi sur moi un stylo et un petit carnet qui me quittaient rarement. J'ai donc écrit sur une feuille vierge : « A Isabelle Souvignet », puis ce morceau de papier sur lequel il m'avait semblé avoir tout résumé, je l'ai inséré dans ma carte d'identité. Je me suis levé, toujours sur le talus bordant les rails, j'ai de nouveau observé la maison d'Isabelle, le moment de passer à l'acte était arrivé. Il ne se passait rien de plus du côté de chez les Souvignet, personne n'avait dû constater ni la présence de ma mobylette, ni ma présence sur la voie de chemin de fer. Je restais une fois encore transparent, inexistant.

Lentement j'ai quitté le talus pour me rapprocher des rails. J'avais conclu que pour parvenir à mes fins, il fallait que je m'assois dos au train qui arriverait, en me bouchant les oreilles pour ne pas risquer de paniquer à son approche.

Que pouvaient faire de leur côté à cet instant, Christophe, Olivier, Christelle et tous les autres ? Qu'allaient-ils penser de moi après ?

Les voies étaient devant moi, un train venait de passer en faisant mugir son klaxon. J'en ai laissé encore passer un, puis un autre, puis je me suis rapproché encore un peu plus des voies.

J'allais définitivement tirer un trait sur tout cela, et en fait je n'arrivais toujours pas vraiment à comprendre pourquoi j'en étais parvenu à cette décision finale.

Je savais juste que je devais le faire, que je n'avais pas d'autres solutions. Mais je ressentais comme une profonde et envahissante perturbation, cette impression de trahison dans la confiance que j'avais pu donner aux autres.

A quoi tenait ma vie ? A rien ; rien de plus qu'une décision que je ne comprenais même pas.

– Hé ! Vous là-bas !

Soudainement, je n'étais plus seul. Au loin, deux hommes arrivaient dans ma direction. A leur casquette de toile bleue et à leur façon de se diriger vers moi, j'ai immédiatement pensé qu'il devait s'agir de personnels de la SNCF.

J'ai vite compris que c'est après moi qu'ils en avaient, sûrement informés de ma présence par les conducteurs de train. Voyant que je les regardais sans bouger, ils ont accéléré le pas puis se sont mis à courir.

Je n'ai pas attendu plus longtemps pour sortir de mes brumes, et à mon tour m'enfuir, pour me perdre dans la végétation qui bordait le talus.

J'ai réussi à me dissimuler sous un arbre couché, alors qu'ils passaient tout près essayant de me repérer.

Après qu'ils se soient éloignés, j'ai discrètement rejoint la route puis la maison d'Isabelle. C'est sans rencontrer personne que j'ai retrouvé ma mobylette ; je me suis rendu au parc de Vougeot pour gagner « mon refuge ».

Là, assis adossé contre mon arbre, j'avais complètement retrouvé mes esprits. En tout cas je n'avais plus l'impression de pédaler dans la semoule : j'arrivais à coordonner mes pensées pour parvenir à faire le point.

Et quel point ! Je me retrouvais face à moi même une fois de plus, et personne avec qui partager ce que je vivais. Mais surtout je n'arrivais toujours pas à définir si j'avais raté quelque chose d'important, ou si en fait, c'était mieux ainsi.

Ce dont j'étais convaincu, c'est que personne ne devait avoir remarqué ce que je m'apprêtais à réaliser aujourd'hui, et que jamais je n'évoquerai ce moment.

Je pense maintenant avec le recul des années que cette fuite imposée par l'arrivée impromptue des hommes de la SNCF, et la peur de me faire attraper, a figé en moi et heureusement signé l'abandon, définitif, de ce genre de solution extrême.

Durant l'heure qui a suivi, je me suis psychologiquement doucement relevé.

Entre cette décision de disparaître définitivement et mon retour à la réalité, je n'ai pas eu le loisir de m'appesantir sur mon sort, je devais rentrer à la maison comme chaque jour, et faire en sorte que rien ne paraisse. Heureusement que je n'avais laissé aucun mot d'adieu.

J'ai craint tout de même pendant quelques jours après encore que les agents de la SNCF aient pu m'identifier ou me reconnaître, et viennent un beau matin sonner à la porte de la maison.

Le bilan que je faisais de cet épisode, était que je n'avais rien réglé du tout. Je savais surtout que je n'aurais désormais plus confiance en qui que ce soit.

Le temps qui passait a agi sur moi comme l'eau qui coule et adoucit les aspérités de la pierre.

La feu de la brûlure que j'avais au cœur, perdait avec lui sa force destructrice, mais il restait bien présent sous les cendres de tout ce qui s'était déjà consumé.

Mes sentiments pour Isabelle ne variaient pas.

Un nouvel élément prépondérant venait de prendre place dans la réalité de ma vie : la franchise, la confiance en l'autre.

Ce coup subi, par ce que je considérais comme une trahison, m'a secoué au point que jamais plus je ne me suis autorisé à croire quelqu'un, jusqu'à ce que je décrète pouvoir lui faire confiance.

D'un certain côté, cela me permettait de mieux gérer mes fréquentations. Désormais, je me méfiais par principe. De la sorte je limitais le risque d'être déçu.

En me repassant le film de cette journée au bord de la voie ferrée, m'est également revenu à la mémoire ce rêve qui m'avait paru étrange, ce soir d'été alors que je dormais dans le jardin sous ma toile de tente.

J'en avais retenu la présence d'une personne près des rails de chemin de fer, pas loin de la maison d'Isabelle, ainsi qu'une couronne de fleurs.

Je savais maintenant expliquer cette vision des rails, mais pas pour celle de la couronne mortuaire.

J'étais même un peu effrayé de mes conclusions, car si la partie voie ferrée avait bien sa raison d'être, était maintenant en relation avec ma réalité, cela voulait peut-être signifier que la gerbe de fleurs annonçait un évènement à venir.

Dans le bilan de ce à quoi j'avais attenté : ma vie, j'ai eu petit à petit l'impression étrange de me réveiller de quelque chose. C'est comme si je regardais autour de moi et voyais pour la première fois ce qui depuis toujours m'entourait, comme si je perdais une première peau pour renaître dans une dimension différente, pour renaître dans ma propre conscience.

Moi qui depuis ma première colonie de vacances, ai toujours aidé ceux qui était en peine, moi qui ai toujours su être à l'écoute des autres, qui ai toujours conseillé, encouragé, j'avais été incapable de me gérer, ou plus exactement je m'étais très mal géré.

Les sentiments qui avaient pris place dans mon cœur, depuis ce jour où j'ai pour la première fois rencontré Isabelle, avaient fini par annihiler toute forme de raisonnement.

En regardant un peu mieux, je voyais aussi à quel point j'avais pu négliger le reste. Négliger de prêter attention à mon entourage, négliger mes études, négliger ceux qui peut-être espéraient quelque chose de moi. Tout ce temps écoulé en hibernation de mon être, hibernation de ma conscience, était perdu.

Mais était-ce vraiment du temps perdu ? Je sentais rejaillir mon côté positif et mon optimisme en la vie. Même si je ne percevais pas vraiment le pourquoi de ce que je venais de vivre durant toutes ces années, un résultat en ressortait.

La certitude de précisément connaitre les limites dangereuses que je ne devais plus franchir, la certitude de ne plus jamais me laisser mener par mes sentiments, sentiments qu'il me fallait apprendre à emprisonner, sentiments que j'apprendrai à combattre pour qu'une nouvelle fois, ils ne submergent pas le sentimental que j'ai toujours été.

Dernier constat : je suis bel et bien un sentimental ; un de ceux que chantèrent les troubadours d'autre fois, certainement.

Je n'ai jamais conçu la vie qu'au travers d'un élan d'amour pour toutes choses, et contrairement aux garçons que j'ai connus jusqu'à maintenant, il ne m'est pas possible de m'intéresser à une fille si un minimum de sentiments ne me lie pas à elle.

Et j'aimais toujours Isabelle.

Qu'est-ce qui aurait pu faire que mes sentiments soient différents, soient subitement éteints ?

Le feu de mes émotions a embrasé mon cœur : j'ignore quels sont les combustibles ou l'alchimie qui l'ont alimenté.

C'est un peu comme si un incendie spontané, non préparé, non entouré, et auto-alimenté, s'était généré. J'en ignorais la source, mais la morsure qu'il avait sur mon cœur ne permettait pas de l'oublier, de le laisser.

Son foyer était recouvert par un lit de cendres, mais sa chaleur était toujours là, et approcher Isabelle, c'était produire le souffle qui réanimait ses braises.

La première des solutions pour éviter que cela ne se produise, était évidemment de ne plus la fréquenter, de m'éloigner d'elle au maximum.

Je n'avais pour cela pas d'autre choix que de me séparer du groupe que nous formions avec Christelle, Olivier et Christophe. Nos 17 ans donnaient bien sûr à notre vie d'autres occupations, d'autres orientations, mais nous nous retrouvions toujours. Christophe, lui, par la force des choses, était moins présent ; il avait été envoyé en Allemagne le temps de son service militaire.

Depuis que j'avais décidé de ne pas suivre un cursus scolaire long pour entrer plus rapidement dans la vie active et gagner mon indépendance, je savais qu'à la fin de mes études je n'attendrai pas pour être appelé sous les drapeaux.

Au cours de ma dernière année scolaire, je devançais l'appel et optais pour une préparation militaire dans l'armée de l'air. Elle m'offrait la possibilité de choisir mon lieu d'affectation, en l'occurrence Mont De Marsan dans les Landes, à l'autre bout de la France.

Juillet 1979 j'obtiens mon permis de conduire. Mes études terminées, j'attendais avec impatience l'appel salvateur sous les drapeaux. Forcément, mes fréquentations masculines, qui pour la plupart espéraient échapper à ce service obligatoire, me considéraient comme un anormal.

Ils ne pouvaient savoir que je tentais de me sauver de moi-même.

Cet été comme tous les étés maintenant, je travaillais. J'occupais désormais une place de pompiste sur la station d'autoroute de Gevrey-Chambertin. Mon salaire était plus que raisonnable, et mes occupations comprenaient une activité nouvelle.

J'étais devenu fan de discothèques, comme je l'avais rêvé en découvrant l'année précédente au cinéma, « la fièvre du samedi soir ». J'ai pris le pli de rejoindre « L'escapade », chaque jeudi et samedi soir, au volant de ma 2CV. Parfois il m'est arrivé d'y amener Isabelle et Christelle, ainsi que ma petite sœur Gabrielle. Sur la piste de danse je ne m'occupais pas d'elles, je « m'éclatais » tout seul, dans la foule des danseurs, sans alcool, sans cigarette, juste en me laissant porter par le rythme des musiques du disco, m'élevant et survolant sur les notes qui me portaient, tous ceux qui m'entouraient. Il était rare de me voir danser un slow, et toutes ces soirées en éternel célibataire, les filles qui me convoitaient en vain, finissaient par penser que j'étais gay…

Octobre de ce cette année 1979. L'automne annonçait sa venue par les couleurs changeantes que la végétation affichait. Le rythme de l'été avait pris fin, et chacun d'entre nous se préoccupait de bien commencer sa vie professionnelle. Mon travail sur l'autoroute avait pris fin et j'attendais avec impatience le moment où le facteur m'apporterait ma convocation sous les drapeaux.

N'étant pas du genre oisif, mes journées étaient diversement occupées entre : les ballades dans « mes montagnes », l'aide que je pouvais porter aux uns ou au autres, et quelques petits boulots pas toujours déclarés. Bien sûr, je continuais de danser les soirs des jeudi et samedi à ma discothèque préférée.

Isabelle dans tout cela ? Je ne pouvais toujours pas me défaire de l'importance que je lui portais. J'arrivais extérieurement en sa présence à maîtriser le masque de mes sentiments, mais je ne parvenais pas à trancher dans la masse de ce que j'éprouvais à son égard.

Amertume peut-être, bien qu'elle n'en méritait aucune, mais amour, certainement et toujours, et encore…

Mais d'où me provenaient ces sentiments à son égard ?

J'avais beau chercher, je ne comprenais pas pourquoi elle restait si accrochée dans mon cœur.

Je pense que nous avions entre nous, malgré mes émois, une cordiale attitude de camarades, et mon état n'empêchait pas que nous partagions des moments de confidences ou de franches rigolades. Pourtant je restais rongé de l'intérieur par cette braise que je n'arrivais pas à étouffer.

Si au moins Isabelle m'avait simplement montré qu'elle était consciente de ce que je subissais ; si, ne serait-ce qu'une fois, elle m'avait montré qu'elle était désolée de ce que, malgré elle, je traversais…

Mais quand est-ce que cette convocation allait arriver ?!!! Quand est-ce que j'allais parvenir à me libérer de cette tourmente ?

Je constatais que d'attendre et de subir sans rien dire, sans pouvoir me confier à quiconque, mon caractère s'aigrissait un peu.

Même si j'étais convaincu que jamais plus je ne le tenterai, il m'arrivait dans ces moments de regretter d'avoir failli à ma décision, ce jour sur le bord des rails. Si je j'avais été jusqu'au bout, je n'en serais pas là à attendre de la providence, une solution.

Je ne savais plus à quel saint me vouer pour me libérer. Je me souvenais de tous ces voeux lancés au ciel en espérant qu'un jour Isabelle m'aime…

Et c'est là, en pensant aux saints et au ciel, que j'ai soudain songé à l'abbaye de Citeaux.

Pour l'avoir fréquentée à diverses occasions de ma petite vie de chrétien, entre catéchisme et réunions avec le père Debord, je savais que les moines permettaient, à ceux qui en éprouvaient le besoin, de séjourner à l'abbaye, pension et coucher offerts, un simple don pouvant être laissé en quittant les lieux.

En y songeant, il m'est apparu évident que me rendre dans ce lieux serait un refuge où je pourrais tenter d'obtenir l'apaisement de mon cœur, et trouver une réponse à mes questions.

L'abbaye refuge

Ma décision prise je préparais mes bagages sans expliquer mes projets à quiconque.

J'allais quitter la maison pour une période indéterminée, que je pensais faire durer aussi longtemps que possible. J'emportais aussi ma tente et le nécessaire de camping, prêt à toutes éventualités, car je pouvais aussi bien décider de me rendre à l'autre bout de la France.

Mon objectif étant de faire le vide en moi, de parvenir à comprendre comment j'avais pu m'éprendre à ce point d'une fille et surtout, trouver la solution, le remède, qui permettrait de me défaire de cette emprise sentimentale.

Le silence monastique me paraissait être la porte qui me ferait franchir la compréhension de mon âme. L'idée de rejoindre la communauté des moines de Citeaux n'était ni saugrenue ni nouvelle. Je me souviens lors de mon entrée en sixième, lorsque les professeurs nous faisaient remplir nos fiches de renseignements, à la rubrique : quel métier envisagez vous de faire ? Je répondais, moine.

Forcément en classe cela faisait sourire plus d'un de mes camarades, lorsque l'on ne se moquait pas de moi, mais à la question étonnée du professeur je répondais en confirmant que tel était mon souhait. Souhait bien vite oublié lorsque j'ai connu mes premiers émois devant une fille…

Alors que je chargeais la voiture dans la cour de la maison, maman est venue me demander ce que je faisais. Je lui ai répondu que je partais sans trop savoir où, ni pour combien de temps. Elle est restée silencieuse, se demandant certainement ce qui pouvait m'arriver, comme ses yeux me laissaient le voir. J'ai ajouté à ma réponse que si elle avait besoin de me joindre, elle pourrait le faire par l'intermédiaire de Christelle. Principalement si je devais être averti de l'arrivée de ma convocation sous les drapeaux.

– Mais tu peux me dire où tu seras joignable tout de même ?

– Non maman, je ne le sais pas moi même encore. Je communiquerai avec Isabelle qui saura où je suis. Elle n'a pas le téléphone, mais tu pourras appeler Christelle, elle saura elle aussi par la force des choses où je me trouve.

Forcément en étant si vague dans mes explications, je l'ai inquiétée plus que de la rassurer. Mais là, j'avais dans mon esprit tordu « d'Isabelle », un plan qui mûrissait : le désir de faire savoir à cette dernière que je souffrais encore d'elle.

C'était idiot, mais j'en avais besoin.

Lui faire savoir, car immanquablement pensais-je, maman allait chercher à la joindre, pour tenter de me situer.

Isabelle n'aurait pas la réponse, au début du moins, car je n'avais pas plus envie que cela de lui parler, mais sous les futures questions de ma mère, elle se douterait que mon cœur, d'elle, m'emportait encore. Christelle formerait le point de liaison entre nous.

J'étais conscient de certainement faire souffrir maman, mais avec l'espoir secret de parvenir à me guérir un peu plus, en imaginant qu'Isabelle prendrait conscience que je l'aimais encore.

Ma voiture chargée avec plus d'émotions que de bagages, j'embrassais maman, sans pouvoir lui dire combien de temps je serai parti, ni même quand et si je reviendrai.

Je prévoyais pour moi une aventure intérieure inconnue, elle allait m'ouvrir les portes de ma propre connaissance.

Ma radio-cassette à piles couchée sur le siège arrière de ma 2CV, Pink Floyd en fond musical pour m'accompagner, je partais pour Citeaux en pensant déjà à m'arrêter à Vosnes.

Je conduis aussi lentement que possible en passant par les chemins de vignes. Je connais ma destination, mais je n'ai pas vraiment décidé du moment où j'allais me rendre à l'abbaye. En arrivant à Vosne-Romanée, je reste un peu sur les hauteurs. En ce début d'après-midi, le beau temps qui m'accompagne donne une note de pureté au paysage, et la musique qui berce l'ambiance de la voiture me porte vers un calme intérieur propice à me conduire jusqu'à l'abbaye.

Je décide tout de même de passer dans la rue d'Isabelle pour m'arrêter chez Christelle en chemin. Il faut que quelqu'un puisse faire le lien entre moi, maman et Isabelle. Lien qui permettra à chacun de savoir où je suis, si besoin en est, ou même de me joindre en cas de nécessité.

Dans ma voiture, en approchant de la maison d'Isabelle, j'aperçois Christelle dans sa cour. Je viens me stationner à l'entrée de sa maison. Comme toujours elle m'accueille avec son grand sourire.

– Bonjour Max, tu te promènes ?

– Oui, d'une certaine façon. Plus exactement je quitte la maison quelques jours, j'ai besoin de faire le point, de m'isoler un peu…

– Tu es encore à te compliquer la vie pour Isabelle, c'est ça ?

– Un peu, mais je cherche à me simplifier la vie, pas à la compliquer plus encore. Tu sais que j'attends avec impatience mon départ pour le service militaire. Là-bas j'aurai autre chose à penser, et je serais moins près de vous, cela sera il me semble, plus facile.

C'est un peu pour cette raison que je me suis arrêté te voir. Mes parents ne savent pas exactement où je vais, et ne sauront pas comment me joindre s'il le fallait. Je leur ai dit qu'ils pouvaient le faire en te téléphonant.

C'est pour ça que je viens te dire que je ne pars pas très loin dans l'immédiat. Je vais quelques jours à l'abbaye de Citeaux, trouver un peu de calme, chercher des réponses.

Christelle me regarde droit dans les yeux se demandant certainement si je suis sérieux ou non.

Il me semble même deviner qu'elle retient un sourire. C'est vrai que je dois passer un peu pour un fou. Mais elle est d'accord, dit me comprendre, et fera passer le message s'il y en a un à passer.

Je la quitte, persuadé que parviendra jusqu'à Isabelle, l'information que je pense encore à elle.

Je suis conscient que cela ne rime à rien de sérieux, mais j'avais besoin qu'elle sache.

J'arrive en vue de l'abbaye, confiant là encore en ma décision. Serein, je laisse mon véhicule sur le parking de l'entrée du monastère. Je suis déjà séduit par l'atmosphère de ce lieux qui m'enveloppe dès que le moteur de ma voiture laisse place au silence.

L'histoire de France ne serait pas ce qu'elle est sans cette abbaye Cistercienne et Bernard de Citeaux.

Dans l'allée d'arbres que je remonte pour me rendre à l'accueil, qu'indique un panneau, j'ai l'impression de marcher au ralenti, un peu déconnecté, et imaginant trouver derrière ces murs la lumière qui saura éclairer cette partie de ma vie que je viens de franchir, qui saura éclairer le chemin que je dois suivre.

Je parviens devant la porte de la réception sans avoir croisé personne. En la poussant j'entre dans un hall de pierre aussi froid qu'une église, et dans lequel se trouve assis derrière un bureau en bois, un moine qui à mon entrée lève la tête de ses livres :

– Bonjour, vous désirez ?

Cet endroit sert aussi de boutique. Des objets souvenirs sont là, présentés sur divers meubles et étagères.

– Bonjour, je cherche l'hospitalité pour quelques nuits, avez vous la possibilité de m'héberger ?

Le regard noir qu'il me jette balaye l'idée que je m'étais faite sur l'accueil chaleureux du pèlerin dans ces lieux de prières.

– Vous avez réservé ?

– Et bien… A vrai dire non, je ne savais pas qu'il fallait le faire…

– C'est mieux ! Vous avez de la chance que les chambres ne soient pas toutes prises.

J'ai été pris en charge par un autre moine ; il m'a conduit jusqu'à la chambre que l'on allait m'attribuer. Je l'ai suivi jusqu'à l'étage après avoir monté un grand escalier en pierre, puis traversé un long couloir avant d'arriver à la chambre qui m'était destinée.

– Voilà, vous êtes ici dans votre chambre. Les heures des repas et des messes sont inscrites sur l'affiche qui est là. Si vous avez besoin de quelque chose, vous me demandez à la réception, je suis le frère Pierre.

En cette fin de matinée, la lourde porte de bois se referme derrière moi. Je suis désormais seul face à mes questions.

Je prends vite la mesure de ce nouvel environnement. La chambre haute de plafonds, avec une immense fenêtre donnant sur le jardin de l'abbaye, meublée d'une armoire, d'un bureau et d'un lit, n'invite pas à se prélasser entre ses murs de pierre.

Mon sac déposé, je ne reste pas dans ce lieu. J'ai envie de rapidement trouver cette inspiration qui devrait m'aider à donner une réponse à ce que je suis venu chercher : franchir la compréhension de mon âme, comprendre pourquoi j'avais pu m'éprendre ainsi de cette fille.

En sortant de la chambre, je me suis laissé guider par mes pas dans le dédale de ces couloirs où je n'avais aucun repère. Ils m'ont amené jusqu'au bureau du frère Pierre qui, après que j'ai frappé à sa porte, m'a invité à m'asseoir et à lui raconter ce que j'avais envie.

Son visage était souriant, rayonnait et me donnait confiance. Je me suis laissé aller dans mes confidences relatives au but de ma présence ici.

Après m'avoir patiemment écouté, toujours souriant, il m'a simplement dit :

– Tu es ici dans la maison du silence où chacun remet son âme à Dieu. Je ne sais pas si tu parviendras à franchir ce que tu appelles la compréhension de ton âme, mais si c'est ce que tu cherches, tu réussiras certainement à faire le point sur ce que tu as vécu. Si le besoin s'en fait sentir, n'hésite pas à venir me voir.

Sans rien ajouter à cela, il s'est levé, m'a proposé de le suivre pour me conduire, en passant par les cuisines, jusqu'à une petite salle à manger contiguë au réfectoire du monastère.

– C'est ici que tu feras tes repas aux heures indiquées dans ta chambre. Nous nous sommes à côtés. Un frère viendra te porter le nécessaire pour manger. Tu peux te joindre à nous à la chapelle à chacune des prières de la journée.

Nous sommes sortis jusqu'au jardin du cloître où, après un dernier encouragement, le frère Pierre m'a abandonné à mes pensées.

Dans ce monde de silence où l'harmonie, née du mariage architectural des édifices et de la nature qui les entoure, donne au silence une présence plus grande encore, il n'est pas difficile de parvenir au silence intérieur.

Dans ce vide qui m'envahit, mes pensées, indomptées jaillissent, se bousculent, se percutent sans que je parvienne à les ordonner, à les maitriser. Je ne peux les cantonner dans un semblant de tranquillité, qu'en donnant à mon esprit de quoi s'occuper pour les oublier.

Pour cela je vais de jardins en parcs, de couloirs en bâtiments, essayant de décrypter l'histoire et les secrets de ces lieux. Mais l'abbaye n'est pas assez grande pour donner à mon esprit la possibilité d'occulter ce qui me préoccupe.

Le soir venu, à l'heure du repas, je suis seul à ma table. Un frère dont j'ignore le nom m'a déposé un bol de soupe, une purée et un morceau de fromage, accompagnés d'un pain et d'une carafe d'eau. Le silence des lieux est uniquement brisé par le son d'un haut-parleur accroché au mur. Il diffuse ce qui me semble être de la lecture en latin.

Mon repas avalé, bien que l'on ne me l'ait pas demandé, je me suis rendu à la cuisine pour rapporter mes couverts. Le moine qui m'avait servi était là, il me tournait le dos, gérant ses gamelles.

A mon arrivée il s'est retourné, m'a regardé poser mes ustensiles, puis m'a remercié d'un signe de tête en souriant, avant de reprendre ce qu'il faisait.

J'étais seul ici et livré à moi-même. Je pensais parvenir plus facilement à trouver dans cet environnement de prière, la paix de l'esprit et celle du cœur. Pourtant dès qu'elles en avaient l'occasion, mes pensées affluaient en masse, sans ordre. Je ne savais pas comment leur donner un sens, ni même comprendre ce qu'elles signifiaient. J'en étais le centre, Isabelle la périphérie, et dans ce rayon, sans cesse je tournais en rond.

Par curiosité d'abord, puis par plaisir, j'ai accompagné les moines à la messe du soir, ouvert à toutes les expériences qui pouvaient m'être profitables pour trouver les réponses que je cherchais.

Entre les murs de l'église, les moments de prières qui me laissaient indifférents, alternaient avec les chants qui m'emportaient et les moments de silence. C'est dans cette ambiance d'un autre temps, où les fumées des cierges mêlées aux chants Grégoriens s'élevaient à l'unisson sous la voûte, que le calme a subitement envahi mon esprit.

Soudain force m'a été de constater que la paix m'habitait, que mes tourments s'étaient évaporés.

Que je pense ou non à Isabelle, plus rien ne se bousculait dans ma tête. Il me semblait être parvenu à trouver la paix, l'oubli peut-être même ; et en vérité, c'était bien cela qui m'arrivait.

Ma première nuit fût paisible dans cette chambre de l'abbaye, comme les suivantes.

Le lendemain, après avoir consommé mon petit déjeuner, j'ai pu calmement prendre le temps de faire le point, prendre le temps de comprendre ce qui m'avait amené ici.

J'étais abasourdi par le constat de ce vide d'explication logique à ce que je vivais, mais je parvenais petit à petit, à comprendre que ma personnalité se composait de deux entités distinctes.

La première : la tête, l'esprit, la raison.

La deuxième : l'émotion, le cœur, l'âme source de tout.

Sans aucun doute, je savais qu'une charge d'émotions, mêlée aux sentiments provoqués par la rencontre d'Isabelle, avait conduit ma vie dans une situation nouvelle, avait bousculé mes petites habitudes de garçon tranquille, submergeant malgré ma volonté, mes capacités à gérer.

Mais de façon positive, dans cette lutte entre ma raison et mes sentiments, j'avais mis le doigt sur quelque chose d'important.

A me fouiller, à essayer de voir plus clairement en moi, j'ai obtenu la certitude que la tête et le cœur étaient deux facteurs distincts de la pensée. Que parfois celles-ci avaient à lutter entre elles, et que la profondeur de l'homme n'émanait que des voies issues du cœur.

Ce constat, je l'ignorais encore, aura vingt ans plus tard, une grande importance dans ma vie.

Mais dans l'immédiat, ce jour de 1979, il est venu conclure ma quête sur la raison de mes luttes intérieures, n'apportant aucune réponse à la question : « pourquoi me suis-je épris d'Isabelle ?

Pourquoi si longtemps, si aveuglément alors qu'il était évident qu'elle ne me portait que peu d'intérêt.

C'était pour moi un mystère. Il n'était même pas question de coup de foudre, au contraire cette emprise est arrivée lentement petit à petit, comme une graine qui pousse et devient un arbre envahissant entièrement le champ de vision, et ne laissant dans l'ombre de son feuillage, filtrer que quelques rares rayons de soleil.

Plus encore qu'après mes premiers chagrins d'amours de petit garçon, cette dernière expérience allait renforcer ma volonté de dresser des barrières entre mon cœur et la liberté d'expression de mes sentiments.

Cette deuxième journée arrivait à sa fin, j'ai essayé de discuter avec le frère de la cuisine, mais il n'a fait que me sourire. J'ai cru qu'il était muet.

Un instant je me suis demandé si en fait ce monde du silence n'était pas aussi fait pour moi, mais la vision que j'en ai eu était trop limitée pour me convaincre de quoi que ce soit et m'encourager dans cette voie.

Une fois ma chambre retrouvée, j'ai pris la décision de quitter ces lieux, persuadé que j'avais atteint la limite de ce que je pouvais y trouver.

Je me sentais lavé de mon trop fort attachement à Isabelle, lavé du feu qui avait failli tout détruire.

Je sentais que j'allais pouvoir désormais la regarder en face sans craindre de me perdre dans ses yeux, sans risquer de retomber dans l'attachement qu'ils avaient avaient fait naître en moi.

Le petit déjeuner avalé, aussi simplement que j'étais venu, après avoir laissé dans la boite aux lettres des dons une petite somme, et une lettre pour le frère Pierre dans laquelle je lui expliquais le chemin intérieur auquel j'étais parvenu, je quittais l'abbaye.

Bien plus tard, j'ai compris qu'il m'avait tout simplement aidé en ne me tenant aucun type de discours et en m'offrant sa confiance, au lieu de tout commentaire de sa part, que peut être j'aurai considéré comme une tentative de récupération religieuse, ou psychologique.

Maintenant il me tardait de me trouver face à Isabelle, je voulais savoir si j'étais vraiment guéri d'elle.

Alors que je jetais mon sac dans la voiture, j'ai vu devant l'accueil, un moine regarder dans ma direction et m'adresser de la main un au revoir. Peut être le frère Pierre, j'étais trop loin pour distinguer ses traits, je ne l'ai jamais su.

Trois jours après mon arrivée je reprenais la route qui me conduisait à Vosne-Romanée.

Mes prières iront vers toi

1984. L'intention du père Debort est louable, il sait certainement ce que ce mariage signifie pour moi, comme il sait ce que m'inflige, aujourd'hui, l'interdiction d'entrer dans l'église pour assister à cette cérémonie.

L'arrivée de voitures ne cesse d'augmenter, et avec elles le cortège de toutes ces personnes qui viennent participer à ce mariage.

Je suis toujours assis sur ma moto, je me dis que j'aurais dû prendre avec moi mon chapeau de cow-boy et une cigarette, pour bien marquer mon détachement de cet événement, genre desperados attendant le passage de la diligence.

Les gens passent devant moi, certains baissent la tête, d'autres me regardent puis détournent les yeux, gênés me semble t-il. Quelques-uns, quelques-unes, me font un discret sourire ou me lancent un signe de la main.

Tous ici savent qui je suis ou ont, après toutes ces années, entendu parlé de moi,.

« Max…, ah oui ! c'est lui… »

Les cloches de l'église retentissent, j'inspire aussi fort que je peux pour rester imperméable à ce semblant d'émotion qui m'envahit. Je n'en veux pas.

Au loin, je vois arriver la voiture du marié. Il n'est pas seul, les frères d'Isabelle l'accompagnent.

Michelle

1979, au volant de ma voiture j'arrive en vue de Vosne. Je ne sais pas encore ce que je vais faire. M'arrêter voir Christelle si elle est là ? Lui dire que j'ai quitté Citeaux et lui indiquer la suite de mon déplacement ? Je n'ai pas envie de rentrer à la maison.

Ma toile de tente est dans le coffre de la voiture, j'ai avec moi le nécessaire de camping, et le temps de ce mois d'octobre est encore plaisant pour profiter pleinement de quelques nuits à la belle étoile.

Je stationne ma « deudeuche » dans la rue, à mi-chemin entre la maison d'Isabelle et celle de Christelle. En posant le pied à terre, je réalise que je suis un peu déconnecté de je ne sais quoi, la tête certainement encore dans le silence de l'abbaye.

J'ai un peu l'impression de marcher sur du coton, d'être absent de mon environnement. J'ai pourtant bien mangé, il ne s'agit pas de vertiges.

Alors que je m'apprête à entrer dans la cour chez Christelle, une voix retentit derrière moi.

– Eh Max !

Je suis un instant indécis avant de me retourner, j'ai reconnu la voix d'Isabelle.

Je reste sur place, me tourne doucement pour constater qu'elle marche dans ma direction, et arrive jusqu'à moi.

Cette impression de coton sur lequel il me semblait me déplacer, s'efface aussitôt.

La réalité du moment parait me mettre une claque et me réveiller : mon cœur reprend un rythme effréné que je croyais avoir oublié.

Isabelle approche vers moi tout sourire.

– Comment vas-tu Max ? Tu es de retour ? Christelle m'a expliqué que tu faisais une espèce de retraite à l'abbaye ?!…

– Oui, c'est un peu ça, c'cst surtout un retrait de moi que je cherchais, retrait de ce qui m'envahissait un peu trop ces derniers temps.

Isabelle ne dit rien, mais je vois son charmant sourcil droit se lever, interrogateur. Pour biaiser, je lui dis en mentant un peu :

– Tu sais partir à l'armée ce n'est pas forcément facile, tu as vu avec Christophe et ton frère ce que cela donnait. Je voulais faire le point avant d'être embarqué dans cette aventure, me préparer un peu.

– Te préparer à l'armée chez les moines ?….

– … Non Christelle, me nettoyer de ce qui avait trop d'emprise sur moi, un peu comme apprendre à moins penser à toi.

Je venais de le dire : de lui dire malgré moi que je pensais encore à elle, et que cela me perturbait.

Dans ce laps de temps avant qu'elle ne réponde et où les secondes semblaient s'étirer, j'ai posé mes yeux sur les siens. Je voulais vérifier si j'avais vraiment pu laisser chez les moines ce qui me déroutait quand je regardais Isabelle, si j'avais acquis assez de force pour dompter un cœur qui se serait encore emballé emporté par d'imprévus élans.

Mes yeux posés sur les siens, je ne me suis ni senti glisser, ni je n'ai été envahi par de dévorants feux. J'avais donc réussi ; réussi à dompter cette force qui avait failli me détruire, j'étais parvenu à refermer quelque chose en moi.

Isabelle était là, je contemplais son visage, ses yeux, et je la voyais toujours aussi belle. Je ne chavirais plus dans d'incontrôlables sentiments, pourtant un mal en chassait un autre.

En la regardant là, je sentais que la fougue de mon cœur laissait maintenant sa place à la peine. Le feu s'était éteint, mais j'allais devoir supporter le pincement qui au cœur, le remplaçait.

La peine de voir ce que l'on a aimé s'éloigner ; la peine de cette automutilation en cherchant à s'en séparer ; la peine d'abandonner ce à quoi l'on tient encore.

Le plus terrible n'est pas la décision que l'on prend, non ! Le plus terrible est de ne pas comprendre.

Décider de ne pas penser à elle, de l'oublier, était facile : après tout Isabelle n'avait jamais rien fait de vraiment positif pour moi. Tchao bye ! Je suis passé, je me suis arrêté, nous nous sommes parlés, nous n'avons plus rien à nous dire, maintenant je m'en vais : il n'y a rien de plus simple.

Pourtant je savais, sans comprendre pourquoi, que j'étais encore lié à elle, certainement pour la même raison qui un jour avait ouvert mon cœur au sien. Mais j'étais dans l'impossibilité de définir ce que c'était, et donc encore moins de savoir ce qui m'étais si douloureux à oublier.

Sous le tas de cendres que le brasier de mon cœur laissait en moi, quelque chose rougeoyait encore, c'était l'évidence même. Isabelle me regardait, silencieuse, j'ai rompu le charme.

– Bon je vais voir Christelle. Je dois l'informer de ma prochaine étape.

– Attends Max ! Tu dois bientôt partir au service.

– Comment sais-tu cela ?

– Christelle a reçu un appel de tes parents hier, je crois que c'est pour novembre.

– Alors je vais rapidement savoir si mon passage à l'abbaye a été bénéfique Isabelle. Quelques mois vont nous séparer, et peut-être définitivement.

Après l'avoir rejointe, Christelle m'a confirmé l'appel de maman : elle cherchait à m'informer qu'un courrier du service national était arrivé à la maison. Elle lui avait précisé que je devais rejoindre la base aérienne de Mont de Marsan dans les

Landes, pour le 30 novembre. J'avais un peu plus d'un mois devant moi.

J'ai laissé Christelle et Isabelle qui m'avait accompagné chez son amie. Je ne sais laquelle des deux était la plus sensible, mais c'est sur le visage de Christelle que j'ai cru voir paraître un peu de tristesse lorsque j'ai refermé derrière moi la porte de sa maison. C'est elle qui m'a demandé si on me reverrait avant que je parte pour le service militaire.

Les deux jours suivants, je me suis installé avec ma toile de tente au bord d'un plan d'eau à Saule Guillaume, me lavant dans l'eau du lac, passant mes journées à marcher ou à lire, me nourrissant de ce que mon petit réchaud à gaz pouvait me permettre de préparer. J'avais ainsi l'impression de me préparer un peu pour les futures conditions militaires que j'allais découvrir, notamment celles que m'imposerait le temps des manoeuvres.

J'étais à la fois, excité de cette nouvelle vie qui m'attendait et pour laquelle j'étais volontaire, et attristé de devoir réellement m'éloigner d'Isabelle.

A mon retour à Vougeot, durant ce mois qui me restait, j'ai continué de passer la plupart des soirées des jeudi et samedi en discothèque. Comme toujours j'ignorais les filles qui m'entouraient, le cœur fidèle à celle à qui il se vouait.

Pourtant un de ces soirs, accompagné de Christophe, l'une d'elle a accroché mon regard.

Je ne la connaissais pas, mais j'ai soudainement pris la décision de l'aborder, et en avertissant Christophe que je le laissais, je me suis dirigé vers elle, traversant, déterminé, le groupe compact au milieu duquel elle se trouvait.

Indéniablement des barrières étaient tombées, c'est la première fois que je « remarquais » une autre fille qu'Isabelle, la première fois que je me laissais guider par autre chose que ce qui me liait à elle. Je n'avais pas bu et je ne fumais pas. Une page se tournait, aussi simplement que cela. Pourquoi maintenant et pas plus tôt ? Je l'ignorais, il me semblait que rien n'avait changé en moi.

Je l'abordais d'une façon on ne peut plus banale sur un :

– Bonjour ! Vous n'étiez pas déjà là samedi dernier ?

Et elle de répondre

– Mais si…, vous, vous êtes physionomiste !

Elle s'appelait Michelle, avait 22 ans, était une très jolie blonde vénitienne aux yeux gris, et elle venait de balayer mes dernières attaches avec Isabelle. Si je m'étais vu draguer cette fille, j'aurais certainement eu les mêmes yeux exorbités que ceux de Christophe à ce moment-là. Par la suite il m'a dit avoir été très étonné de me voir « sélectionner » une si jolie fille, et qui faisait plus adulte que moi.

Il est vrai que je n'avais que 18 ans, mais là aussi, cet élan vers Michelle, bien que salutaire, me semblait indépendant de ma volonté.

Nous étions deux semaines avant mon départ pour Mont-de-Marsan. Le lendemain, un dimanche, elle me recevait dans son appartement.

Pour Michelle aussi j'ai eu beaucoup de sentiments, trop à son goût certainement, mais en rapport à ceux nés au contact d'Isabelle, c'était comparer une flaque d'eau de pluie et un océan.

Le jour du départ, c'est en stop que j'ai gagné la gare de Dijon pour un périple de quatorze heures de train ; il allait me faire passer par Paris, Bordeaux, et Mont de Marsan.

Dans la matinée je suis passé à Vosne-Romanée saluer les filles, Christelle, Isabelle, ses sœurs et ses parents.

L'après-midi sur le chemin de la gare, je me suis arrêté à la clinique de Chenôve, où maman était rentrée la veille pour se faire retirer un calcul. L'au revoir du fils partant à l'armée fût comme pour toutes les mamans, difficile, encore plus dans une chambre de clinique.

En sortant de sa chambre, dans le couloir j'ai croisé une infirmière allemande qui parlait très peu le français, et à qui je suis parvenu à expliquer que je souhaitais qu'elle console un peu maman de mon départ. Avec un grand sourire et son fort accent, elle m'a promis de passer la voir.

Malgré la peine de maman, mon regret à moi était encore et toujours de laisser Isabelle. De penser à elle, je sentais surgir mon pincement au cœur, malgré mes résolutions, malgré mes évolutions, malgré Michelle.

Le lendemain matin, l'incorporation commençait, j'étais de la 79/12. Autour de moi, les mines de mes camarades étaient tristes. Je me suis vite rendu compte que là aussi j'étais différent d'eux : seul volontaire pour cette année sous les drapeaux. Mes camarades de chambrée m'ont menacé de me casser la figure si je continuais à parler du plaisir d'être là.

En aménageant mon armoire, la seule image que j'ai punaisée sur une des portes, était une photo d'Isabelle coiffée de mon chapeau de cow-boys.

Au fond, je n'avais pas vraiment envie de me séparer d'elle, même ici.

Le temps de l'armée

Pour la plupart des hommes, bien que contraints, ce passage sous les drapeaux reste un des meilleurs moments de leur vie : souvenirs d'un vécu et d'aventures qu'ils n'auraient peut-être jamais connus autrement. Il l'est aussi pour moi.

J'avais en plus l'avantage d'être volontaire, et je cherchais à profiter de cet éloignement forcé pour parvenir à me détacher d'Isabelle.

Je vivais cette situation comme une grande colonie de vacances : tout le monde avait l'air d'en souffrir, moi j'avais l'impression de revivre.

A leur décharge pour mes camarades de contingent, la plupart étaient plus âgés que moi, et avaient dû abandonner contraints, une vie professionnelle ou de famille, voire les deux à la fois.

Je n'étais pas vraiment seul non plus à Mont-de-Marsan où ma grande sœur, mariée avec un militaire de la base, résidait.

Bien des années nous séparaient du temps où partageant la même chambre, je vivais ses chagrins en pleurant avec elle. La vie nous avait lancé chacun sur nos chemins, et moi j'avançais sur le mien.

Après le temps des classes, qui pour la plupart se déroulèrent en pays Basque, mes chefs ont estimé que malgré mon jeune âge, je pouvais tenir la fonction d'instructeur au centre d'instruction de la base aérienne. Autrement dit, enseigner aux nouvelles recrues le temps de leurs classes, ce que d'autres m'avaient enseigné. Faire un lit au carré, faire un nœud de cravate, marcher au pas, bien saluer, comprendre et savoir faire un demi-tour droite, etc.

Après mon premier contingent, cerise sur le gâteau si je puis dire, on m'a confié pour le reste du temps, le contingent des filles. Tous les deux mois c'était une douzaine de jeunes femmes que j'avais à guider dans ce métier de militaire.

Mes camarades se frottaient les mains en voyant arriver cette « chair fraîche », et j'ai vite compris pourquoi mes supérieurs m'avaient confié cette responsabilité.

Il savaient pouvoir me faire confiance, et personnellement, je restais avec elles comme avec Isabelle : respectueux de leur personne. Je ne profitais ni de leur situation de faiblesse : filles mères ou désespérées de ne pouvoir trouver un travail, tentant leur dernière chance à l'armée, ni de la facilité qui m'était donnée de les séduire.

Deux ont tout de même écorché mon cœur. Françoise était là quand après quelques mois d'éloignement Michelle m'a fait comprendre qu'elle m'avait remplacé, puis Sophie avec qui j'ai partagé les pistes de danse.

Pour cette dernière, un dimanche de garde où j'avais en charge la surveillance d'un nouveau contingent, après la messe et leur avoir demandé de nae pas trahir mon absence, j'ai même fait le mur et parcouru 250 km pour la retrouver, sans même qu'elle m'attende et sans que je parvienne à la rencontrer. A nouveau 250 km pour le retour, bredouille dans ma tentative de passer un moment avec elle.

Lorsque que je ne m'occupais pas de l'instruction des filles, ou de leur bien être, c'était les sorties entre copains qui comblaient mon temps libre. Toutes ces conditions étaient favorables pour me faire oublier Isabelle.

Je ne rentrais chez moi qu'une fois par mois, avec le ticket de transport gratuit que nous octroyait l'état. Je n'éprouvais de toutes façons pas le besoin de revenir plus souvent à la maison ; même si une fois sur place je n'avais qu'une idée en tête, retrouver Isabelle. Lorsque je quittais la base aérienne, en prenant le train à Mont de Marsan vers 16 heures, j'arrivais à Dijon à 04 heures du matin. Personne ne m'attendait, et je n'aurais jamais dérangé mon père pour qu'il vienne me récupérer à la gare. J'avais vingt kilomètres à parcourir pour être à la maison. Il m'est arrivé une fois de prendre le taxi pour faire le trajet, mais la plupart du temps je faisais du stop, c'était l'heure de la sortie des discothèques. Parfois je ne rencontrais aucun véhicule, et c'est à pieds que j'effectuais la distance. J'arrivais à la maison pour le petit déjeuner. Une bonne douche, une heure ou deux de repos dans ma chambre, puis je sautais dans ma voiture pour rejoindre Dijon.

Je savais qu'Isabelle sortait du travail pour midi, qu'elle devait attendre le bus pour rentrer sur Vosne. Je lui avais proposé de venir l'attendre à sa sortie du travail le samedi midi, pour lui éviter de rentrer trop tard chez elle.

C'était donc une habitude que j'avais prise, et ce samedi là comme les précédents, j'étais rue Parmentier sur le parking de son entreprise, à attendre de la voir surgir parmi ses collègues.

Combien de fois Christophe m'avait-il dit que j'étais cinglé, demandé ce que je pouvais gagner en perdant mon temps pour une fille qui n'avait rien à faire de moi ?

C'était vrai sur le fond, mais sur la forme, je voyais bien qu'Isabelle trouvait aussi son compte dans cet espèce de taxi que je lui étais ; et la voir satisfaite de quelque chose que je lui apportais suffisait à me faire plaisir.

Quoi qu'il en soit, je n'attendais plus rien d'elle, et n'en espérais pas plus, mais elle faisait un peu partie de ma vie, et il m'était agréable de pouvoir partager avec elle ces quelques moments privilégiés où nous discutions de tout et de rien.

Pourtant, alors que tous les deux nous étions proches dans ma 2CV le temps du trajet, Isabelle m'a découvert sous un autre jour.

N'ayant plus cette attitude d'attente dans laquelle elle m'avait tant connu, j'étais comme libéré, je m'exprimais comme bon me semblait : sans contraintes, sans penser à bien paraître ou à ne pas la blesser. Peu m'importais si mes propos pouvaient la déranger.

Là dans la voiture et lorsque que l'on se retrouvait dans la journée, j'étais on ne peut plus naturel, expressif, et chargé de tout ce qu'un temps d'armée entre copains peut apporter : en expériences des autres, et anecdotes diverses.

Il y avait de la franche rigolade dans l'air, j'étais devenu intéressant à écouter parler, à écouter chanter lorsque que j'imitais mes copains basques.

Nous nous retrouvions toujours aussi avec Christophe, Christelle, Olivier et son amie Julie, continuant de partager quelques soirées ensemble. J'étais là aussi l'attraction du moment.

Cependant alors que je me trouvais en compagnie de Danielle, j'ai cru percevoir dans son dialogue un signal fort :

– Tu sais Max, nous en parlons souvent avec Isabelle, tu as changé depuis que tu es parti pour Mont de Marsan. Isabelle te trouve très drôle, agréable et elle aime bien ta compagnie.

Ce jour-là, sur la piste de danse à qui je restais fidèle, je me suis repassé cent fois dans la tête les mots de Danielle. Qu'est-ce que cela pouvait bien signifier ?

Mon imagination me jouait-elle des tours ?

Les fois suivantes, lors de nos rencontres, en prêtant attention au comportement d'Isabelle, il me semblait percevoir un changement dans sa façon de se conduire avec moi. Il me paraissait évident qu'elle cherchait à entretenir le dialogue, évident que je lui étais devenu plus agréable à fréquenter : j'étais plus souriant, plus détendu, et devenu, comme elle a su me le dire, un autre Max.

De cette évidence, me sont revenus à la mémoire tous les vœux, toutes les prières que j'avais pu émettre au ciel ces années passées : « Je souhaite qu'un jour Isabelle m'aime », me demandant soudain s'ils n'étaient pas en cours de réalisation.

Nous apprécions de nous retrouver, et le temps ne nous semblait jamais trop long. Seulement plus je l'observais, plus je me disais que nous ne devions pas avoir les mêmes desseins.

Je ne parvenais pas à les définir précisément, mais je n'imaginais pas vraiment qu'Isabelle trouve en moi plus qu'un bon camarade sur le retour. Ce dont j'étais certain, c'est que je ne chercherais pas à développer avec elle une nouvelle relation sentimentale.

Sous le tas de cendres du feu qui avait incendié mon cœur, quelques braises encore chaudes persistaient : regrets, tristesse d'avoir volontairement stoppé mes relations avec elle, mal de l'avoir tant aimée ; mais en aucun cas je ne voulais souffler dessus le vent d'une reprise sentimentale, non ! Pas avec Isabelle.

Le temps du voyage en train, combien de fois ai-je essayé d'imaginer ce que donnerait une relation entre nous deux ?

Pouvais-je me laisser aller à ce qu'elle semblait me proposer ? Pouvais-je une nouvelle fois lui ouvrir les portes de mon cœur ?

Contradictoirement, j'avais en moi la tristesse de constater que je ne voulais plus d'elle. Les barrières définitives qui m'empêchaient de penser autrement, étaient aussi d'être certain que le feu des sentiments que je laisserai démarrer dans mon cœur, aurait des effets encore plus dévastateurs que le premier.

Le sas du chemin de mes sentiments pour Isabelle était définitivement scellé. Je venais de jeter au loin les clés qui le condamnaient, et plus personne ne parviendrait à en ouvrir l'accès.

Le temps des vendanges approchait. Depuis quelques années déjà, je les faisais chez Christophe dont les parents sont vignerons. Cette fois pourtant mes permissions ne concordaient pas avec les dates des vendanges prévues cette année. Je n'avais aucun moyen de décaler cette permission, et pour pouvoir être présent, il fallait que je trouve une astuce me permettant de la prolonger.

Ce n'était pas réglementaire et je risquais gros à le tenter, mais je voulais une fois encore, être là à cette période où je savais que je pourrais privilégier quelques moments de partage avec Isabelle et sa famille, comme chaque année depuis que je faisais les vendanges.

La fiancée décédée

Il me fallait donc trouver une raison, un événement particulier qui m'octroierait le droit de prolonger une permission ou de quitter la base quelques jours, pour regagner mon domicile le temps qu'il fallait pour être avec eux aux vignes.

Après avoir cherché et envisagé toutes les combinaisons possibles, une évidence a pris place dans mon esprit : seul un événement grave comme un accident ou un décès, pouvait motiver une permission exceptionnelle.

Après avoir prévenu Christophe que j'aurais besoin de son aide et lui avoir donné quelques consignes, dans le train qui me ramenait à Mont de Marsan j'échafaudais le scénario de mon histoire. Son déroulement allait débuter dès mon retour sur la base.

Je n'en suis pas très fier aujourd'hui, mais à cette époque ce fut « la » grosse aventure de mon service militaire.

Dès mon arrivée le lundi matin, avec la complicité de Christophe qui téléphonait à la base en se faisant passer pour mon père, mes chefs apprenaient l'accident grave de ma fiancée.

Convoqué dans leur bureaux pour être informé de cet évènement, j'ai, après un moment d'émotion légitime, immédiatement émis le souhait de retourner chez moi.

Dans cette histoire imaginaire, mais qui n'avait d'autre dessein que d'atteindre mon objectif, ma fiancée qui en voiture rentrait du travail la nuit, s'était fait percuter de face par un conducteur ivre. Elle était à l'hôpital dans un état grave.

Mes chefs se sont un peu affrontés sur la réponse à donner à ma demande : il y eut un moment de flottement pendant lequel mon lieutenant s'y opposait sans avoir plus d'informations, et il avait raison, alors que mon capitaine me donnait son autorisation sur le champ.

Finalement c'est lui qui d'autorité a tranché en m'accordant le droit de rejoindre mon foyer.

Cette première victoire m'emportait de joie, mais je me devais de feindre la tristesse, affecté que j'étais par cette nouvelle.

Comme la surprise d'une douche froide contrariant ce succès, il m'a immédiatement fallu gérer ce à quoi je n'avais pas pensé : la déception et la honte.

Déception en réalisant que je n'avais pas songé au moyen de me payer le ticket SNCF du voyage, honte lorsque j'ai eu la surprise de recevoir de Marc, mon meilleur copain, le contenu d'une collecte qu'il avait organisé en faisant le tour des chambres, pour réunir les fonds nécessaires à cet achat.

A 10 heures, malgré ma honte rapidement balayée par ma victoire, je me trouvais heureux sur le chemin de la gare. J'avais pour seule contrainte de rendre compte de la situation à mes chefs, dès que je le pourrais. Trois jours m'avaient été accordés. J'allais donc commencer les vendanges dès le lendemain.

De retour à Vougeot, après quelques explications hasardeuses à mes parents pour expliquer ma présence justifiée par les vendanges, je téléphonais à Christophe pour lui annoncer la réussite de mon stratagème, et que dès le lendemain matin je viendrai les rejoindre aux vignes.

Je l'ai senti un peu gêné quand il m'a timidement annoncé que les vendanges ne débuteraient pas avant samedi : nous étions mardi.

Forcément, je lui en ai voulu : il m'avait pourtant bien confirmé qu'elles devaient commencer dès ce lundi.

Même si j'avais la satisfaction de pouvoir rencontrer Isabelle durant ces trois jours qui m'étaient accordés, je n'en étais pas moins déçu et frustré.

Frustré de ne pouvoir participer aux vendanges et à leur particulières fin de journée que j'avais envisagé de partager avec la famille d'Isabelle.

Déçu d'avoir pris un si gros risque d'être mis aux arrêts, pour finalement rater l'objectif que visait ce mensonge.

L'armée m'avait octroyé une permission jusqu'à mercredi soir, les vendanges allaient avoir lieu samedi, et c'était cette fois bien confirmé. Peut-être qu'en cherchant un peu, je pouvais trouver le moyen de prolonger cette autorisation d'absence exceptionnelle.

Décidé, je tentais le tout pour le tout.

Le lendemain, je me suis rendu à la poste de Nuits St Georges pour téléphoner et rendre compte à mes supérieurs des conséquences et des suites de cet accident.

Je ne pouvais téléphoner de la maison où personne n'était au courant de mon stratagème. J'avais juste, pour justifier à mes parents mon retour, invoqué une permission de dernière minute, obtenue pour compléter une équipe de vendangeurs trop restreinte en nombre.

Après avoir bien préparé à ce que j'allais dire à mon capitaine, dans la cabine téléphonique, le cœur battant vraiment très fort en sachant que j'allais me condamner plus encore, j'attends qu'à l'autre bout quelqu'un décroche.

Je sais que je risque gros et que je vais pour la première fois de ma vie, enfreindre les règles de la morale. Mais ma décision est prise, et mon envie d'être auprès d'Isabelle est plus forte que la raison. Je n'ai de toutes façons plus le temps de réfléchir, à l'autre bout une voix annonce :

– Capitaine Morin, j'écoute.

Les client de la poste qui attendent leur tour pour téléphoner à la cabine de laquelle je sors, sont étonnées de me voir surgir en essuyant quelques larmes.

De nouveau dans la rue, je lève la tête : l'azur et la douceur de la matinée annoncent une belle journée. Les larmes qui malgré moi viennent de prendre place dans mon scénario, sont vite oubliées. Je souris au ciel qui, par la douce chaleur qu'il m'envoie, me réconforte dans l'idée que je profiterai pleinement de ces jours de permission volés.

Je m'empresse de me rendre chez Christophe pour lui annoncer le résultat de cet entretien avec mon supérieur, mais il n'est pas présent lors de mon passage.

Je dois ronger mon frein, faire preuve de patience car excité par ce que je viens de réaliser : petite victoire sur l'administration et immoralité de mon acte, j'ai un grand besoin d'en parler à quelqu'un ; besoin de m'assurer que ce que j'ai fait reste « de bonne guerre » et n'est pas trop immoral. Christophe est le seul à qui j'oserai le confier. Je reviendrai le voir plus tard, un peu avant midi.

A la maison où j'annonce que je serai là jusqu'au mercredi suivant pour faire les vendanges, maman est seule pour m'écouter, papa est occupé avec ses écoliers. J'ai menti en racontant que mes supérieurs comprenaient que le vigneron puisse avoir besoin de ma présence.

Elle me laisse parler, et accepte mes explications sans poser aucune question, ce qui me met un peu mal à l'aise.

Je ne parviens pas à savoir si elle me croit ou si elle se doute que j'ai monté une fable pour justifier ma présence. Je préférerais qu'elle essaye d'en savoir un peu plus, ça me serait plus facile pour déterminer si je l'ai convaincue ou non.

Je n'aime pas mentir, et le fais rarement. Si elle avait émis un doute, je l'aurais volontiers mise dans la confidence, lui avouant mon stratagème et me soulageant par la même occasion de ce problème de conscience.

Ce midi, craignant tout de même les questions de papa avec qui par contre je n'ai pas la moindre complicité, je préfère ne pas manger à la maison.

Je me rends de nouveau chez Christophe. Cette fois il est là, et je le vois sortir de chez lui pour venir à ma rencontre. Il est excité et certainement inquiet des suites que j'ai pu donner à cette fraude à laquelle il est devenu complice.

– Alors Max ? Qu'est-ce que ça a donné, tu as pu prolonger ta permission ?

– Oui, on peut dire cela.

– Tu es incroyable ! Que leur as tu dit ?

– … Viens marchons un peu, je n'ai pas envie que tes parents entendent. En fait…… lorsque le capitaine m'a demandé comment allait ma fiancée, je lui ai répondu que j'étais arrivé trop tard…

– Comment ça trop tard ?… Que l'hôpital était fermé ?

– … Pas vraiment. Plus exactement, qu'à mon arrivée ma fiancée était décédée…

–… Bon sang tu es fou ! Tu es sérieux ?

– Oui, on ne peut plus sérieux Christophe ; c'est tout ce qui m'est venu à l'esprit. J'espère que la date des vendanges ne va pas être repoussée ?

– Et si ton capitaine demande des preuves sur le décès de ta fiancée ?

– Je trouverais le moyen de le convaincre.

– Que t'a-t-il dit au téléphone ?

– Qu'il était désolé pour moi, que je pouvais prendre le temps que je voulais avant de revenir. Je lui ai dit que je serai de retour mercredi prochain, et que l'enterrement aurait lieu samedi.

Tu sais j'ai quelques années de théâtre derrière moi, et je n'ai pas eu trop de difficultés à être convaincant.

Sans l'avoir prémédité, puisque l'objectif de cette fraude à la permission était principalement de pouvoir passer quelques moments agréables en fin de journée avec les membres de la famille d'Isabelle, je venais inconsciemment d'entamer le deuil de l'histoire qui me liait à elle.

Les évènements qui allaient suivre me forcèrent à tenir le triste rôle du veuf.

Le lendemain, jeudi matin, Christophe m'annonçait que les vendanges débutaient dans l'après-midi.

J'ai été surpris lorsqu'à mon arrivée dans les vignes, des applaudissements nourris ont accompagnés quelques « bravos Max !! ».

Les vendangeurs qui m'entouraient, informés par Christophe de ce que j'avais fait, et qui eux-mêmes avaient eu à subir le service national, voyaient mon histoire comme un acte de folle bravoure pour berner les services de l'armée. J'étais contrarié, Christophe n'avait pas su tenir sa langue. Mais j'acceptais d'assumer mes actes sans broncher, ni alimenter ou répondre à aucune polémique.

Le samedi matin suivant, angoissé tout de même par ce qui pouvait arriver ce jour des obsèques fictives, j'étais réveillé de bonne heure par la sonnerie du téléphone qui, sous ma chambre dans le bureau de papa, retentissait dans ma conscience comme une alarme.

Dans le silence, à l'étage, enfants déjà, nous savions entendre et écouter les voix d'en dessous.

Maman qui répondait à cet appel, ne comprenait pas ce que me voulaient le fleuriste des pompes funèbres de Nuits St Georges.

Elle n'a pas eu le temps de monter jusqu'à ma chambre, j'ai sauté dans mon pantalon, descendu les dix-neuf marches de l'escalier quatre à quatre, pour prendre la suite de cet appel. D'un bref « t'inquiète je t'expliquerai ! », je l'ai laissée avec ses questions en démarrant ma voiture, pour me rendre sur place afin de récupérer une gerbe de fleurs que mes camarades de Mont-de-Marsan m'avaient envoyée pour l'enterrement.

La personne qui m'a reçu était désolée de n'avoir pas trouvé dans le journal les références de la cérémonie funèbre pour faire livrer la gerbe. Je m'en suis sorti en racontant qu'il s'agissait d'une cérémonie particulière, et que de ce fait elle n'apparaissait pas dans la rubrique nécrologique.

Pour la première fois de ma vie j'ai vraiment eu honte de moi. Je me suis promis que cela n'arriverait plus jamais.

Une fois de plus, mes copains s'étaient cotisés pour cette gerbe immense que j'avais du mal à introduire dans ma voiture.

J'ai commencé à craindre les suites que mon histoire risquait d'engendrer, envisageant même qu'une délégation de l'armée de l'air pouvait se présenter pour assister à un enterrement qui n'existait pas.

C'est ainsi que la gerbe dans la voiture, réfugié dans le silence de « mes montagnes », j'ai pris le temps de la réflexion pour tenter de trouver une solution à cette situation à la fois imprévue et perturbante. J'angoissais et me préparais à affronter cette éventuelle délégation qui, à n'en pas douter, devant la réalité de mon mensonge, déclencherait les mesures disciplinaires bien méritées qui s'imposeraient.

Il me restait aussi, et ce n'était pas la moindre des choses, à expliquer tout cela à maman que j'avais dû laisser dans l'inquiétude.

Je décidais d'agir rapidement.

Pour mes parents, il fallait absolument qu'il sachent la vérité, les raisons de ma présence et le stratagème que j'avais employé. Papa allait faire une crise : tant pis pour moi.

Il comprendront mieux ce qui se passe si une délégation appelle à la maison pour participer à l'enterrement. Si elle devait se présenter, je saurais leur dire qu'ils sont de trop, que l'intimité de la famille est à respecter.

Pour la gerbe, là, derrière moi dans la voiture…

Je ne pouvais décemment, par respect pour ceux qui avaient déjà tant fait pour m'aider, jeter ces fleurs à la décharge.

Je me suis donc rendu chez Isabelle, pour les informer eux aussi de la situation dans laquelle je me trouvais. Paradoxalement, et contrairement à la réaction que je risquai d'affronter à la maison, avec eux je sentais que je pouvais avoir un échange aussi neutre que possible.

Il était déjà dix heures ce matin. Seule sa maman était présente lorsque je suis entré avec ma couronne de fleurs à la main.

– Max ? Qu'est-ce que tu fais là avec cette gerbe sur les bras ?!

– Si vous avez cinq minutes à me consacrer madame Souvignet, je vais vous expliquer.

Un quart d'heure plus tard, nous étions tous les deux devant une tasse de café à démonter la gerbe. Après m'avoir vertement sermonné, puis ri du risque que j'avais osé prendre et de ses conséquences actuelles, madame Souvignet a fini par me dire :

– Tu ne vas quand même pas jeter ces belles fleurs. Puisqu'elle étaient destinées à Isabelle, on va en faire un bouquet. Allez prends le sécateur qui est là, je vais nous servir un café.

Isabelle est arrivée entre temps, ainsi que sa sœur. Madame Souvignet leur racontait déjà mon histoire comme un exploit : pourtant je n'étais pas très fier de ses conséquences imprévues. Isabelle elle, m'a juste fait remarquer en souriant qu'elle était contente que je l'ai choisie comme fiancée, mais qu'elle aurait préféré que cela soit dans d'autres circonstances… Plus sérieusement, elle craignait aussi, en cas d'un aggravement des évènements, d'être considérée comme une complice de ce mensonge.

Malgré que soit dédramatisé cet événement, auquel tous d'une certaine manière participaient maintenant, madame Souvignet n'a pas manqué de me rappeler à l'ordre.

– Max tu es toujours aussi fou ! Cela n'a pas suffit que je te rouspète d'avoir voulu payer à Isabelle son permis de conduire ?! Tu auras l'air malin maintenant si tu dois faire un ou deux mois de service supplémentaire.

– Je compterai sur vous pour m'envoyer des oranges si je me retrouve au trou madame…

– C'est ça ! Tu peux toujours attendre oui !

Il est vrai que quelques mois auparavant j'ai désiré donner à Isabelle un ultime cadeau avant que sonne vraiment la fin de cette histoire.

C'était l'époque où elle allait passer son permis de conduire. J'avais dans l'idée que le lui offrir serait exprimer, matérialiser, la hauteur de la force qu'avaient eu mes sentiments pour elle.

Aussi, dès sa première leçon de code qui avait lieu dans l'auto-école que sa sœur et moi avions fréquentée, je suis passé voir le gestionnaire pour lui régler le coût du permis d'Isabelle.

Evidemment je voulais que ce geste soit une surprise, et il le fut. Je n'en avais pour cela parlé à personne.

Bien entendu grande surprise pour Isabelle lorsque le jour où, à son tour elle a voulu payer ses premières leçons, il lui a été annoncé qu'elle n'avait plus rien à régler.

Mais aussi sans étonnement pour moi lorsque, quelques jours après, madame Souvignet a demandé à me voir, illico-presto. Et ce n'était pas pour me féliciter.

Affrontant son mécontentement, je n'avais pas trop d'argument justifiant mon geste, hormis le seul et vrai qui m'animait, mais que je ne pouvais lui avouer.

– Je voulais lui faire plaisir ; et cela m'a fait plaisir de le faire.

– Tu va arrêter tes bêtises un jour Max ? Tiens ! reprends ton argent, et ne refais plus jamais cela…

Question cadeau c'était loupé ! Mais question souvenir, j'en étais persuadé, celui-là persisterait.

Quant à cette permission « volée », si elle m'a permis d'être présent quelques jours supplémentaires auprès d'Isabelle et de sa famille, j'ai dû en assumer les suites jusqu'à la fin de mon service militaire, et quelques années plus tard encore.

En fin de compte, aucune délégation n'avait été prévue, heureusement.

Mes parents ont bien sûr été sidérés de ce que j'avais pu faire, angoissés aussi des éventuelles, mais infondées, retombées qui pouvaient les impliquer en termes de « complicité ».

Pour ma part, dès mon retour à la base, où en signe de compassion chacun de ceux qui me croisaient avait un geste amical, j'ai dû tenir le rôle du personnage peiné d'avoir perdu sa fiancée. Je me suis donc isolé dans mon chagrin fictif, me forçant à ne plus participer aux joyeuses fêtes et sorties organisées par mes amis. Quelques fois, sur leur insistance à me changer les idées, je les accompagnais, mais je n'oubliais pas de laisser paraître la tristesse qui était mienne, et ce, durant plus d'un mois, jusqu'au jour de ma libération des obligations militaires.

De mes camarades de contingent, aucun n'a jamais appris la réalité de cette histoire.

On m'a un jour dit : « Ce que tu penses vraiment se produit toujours » ; je ne crois pas non plus au hasard…

Quatre ans plus tard, dans les mêmes circonstances : éloigné de ma fiancée pour des obligations de travail, quinze jours avant notre mariage, je reçois un appel téléphonique de maman qui m'apprend que celle que j'aime a eu un accident grave.

De nuit en rentrant du travail, un automobiliste ivre a percuté de front sa voiture.

Heureusement, cette fois-là, dans cet accident, malgré sa gravité, aucun décès n'a été à déplorer.

Couper les liens

Le service militaire, mes folies du moment, font maintenant partie de mes souvenirs. Il y a toujours une occasion, autour d'un verre, où quelqu'un ressort l'incroyable histoire de la fiancée de Max. Moi je ne garde de cet événement que le souvenir d'un moment de bravoure, de pure folie et d'inconscience certaine, et vraiment sans aucune fierté.

Mais avec cet épisode, peut-être parce que l'intensité de ce pseudo deuil que je devais gérer sans me tromper m'a permis de ne plus me focaliser sur mon passé sentimental, j'ai fini par vraiment me détacher d'Isabelle : pas de sa famille, ni de Danielle.

Isabelle était devenue ni plus ni moins qu'une copine parmi toutes celles que j'avais fréquentées cette année passée sous les drapeaux. Je la rencontrais encore lors de nos sorties avec Olivier, Christophe, et leurs petites amies respectives. Nous restions amis.

Il me semblait qu'elle ne changeait pas, alors que mon cœur, lui, ne s'emballait définitivement plus pour elle.

Que me restait-il de ces années bousculées au feu de mes sentiments ? Quel bilan, quelle leçon pouvais-je en tirer ?

Mon évolution dans cette vie de jeune homme me donnait le sentiment d'un certain gâchis. Ce n'est pas que j'avais perdu mon temps à attendre ce qui n'arriverait jamais, mais plus exactement, le fait que j'étais, avec le recul, persuadé que j'aurai pu gérer tout autrement cette relation avec Isabelle : d'une façon plus riche, plus constructive.

J'avais su, heureusement, conserver mes copains et amis : les seuls que j'ai jamais eus d'ailleurs.

J'avais aussi acquis la certitude que je respectais, et respecterai toujours la femme dans sa fragilité, dans sa féminité.

Mes liens avec Isabelle n'étaient plus que souvenirs. Il ne subsistait plus dans mon cœur que les cendres de ce qui m'avait lié à elle, que les cendres d'un amour qui maintenant se refroidissaient pour toujours après m'avoir dévastés, ces quatre dernières années.

Je n'étais ni blessé, ni souffrant, sachant que j'étais le seul responsable de ce qui m'était arrivé.

Afin que cela ne se reproduise plus jamais, j'ai appris à dresser autour de moi les barrières qui, désormais, protégeraient mon cœur de tout envol sentimental.

Je restais un sentimental et le suis encore, mais je n'ai plus accepté que mes sentiments soient les chevaux emballés de ma vie.

Novembre 1981, libéré de mes obligations militaires, je reprends ma vie de civil ; mon objectif est maintenant de trouver du travail.

Je poursuis mes sorties en discothèques, plus que jamais même.

J'ai en moi le besoin d'extérioriser ma différence des gens de mon âge : le besoin d'évacuer la force que cette différence contenue génère.

Sur les pistes de danse, je suis aussi différent des garçons que l'on rencontre dans ce genre d'endroit, et forcément je suis remarqué dans ces foules qui se trémoussent. En plus, je sais rester indifférent aux invitations que l'on m'adresse.

Pour ma jeune sœur Gaby que j'invite aussi souvent, c'est l'occasion de profiter des sorties de son grand frère.

Selon l'emploi du moment, je travaille en trois huit ou en deux douze. Après quelques petites heures de sommeil pour récupérer des nuits passées à contrôler des machines, je dispose du restant de ma journée.

Parfois je conduis mon jeune frère Francis à l'école, ou je l'attends à la sortie des classes pour le ramener à la maison.

Lui aussi est tributaire du ramassage scolaire.

Il arrive que je sois à la sortie du collège sans que cela soit prévu. Et pour être certain de ne pas le louper dans la masse des élèves qui s'éparpillent dans la rue, je scrute la foule.

C'est lors d'une de ces attentes, qu'au milieu de cette masse anonyme d'étudiants, je n'ai soudain plus vu qu'une seule personne.

Je suis frappé par son allure qui la différencie de toutes les autres filles, jolies ou moins jolies, que je vois passer depuis que je viens ici. Je ne sais pas pourquoi, mais il m'est évident, et c'est ce qui m'a immédiatement séduit je crois, qu'elle n'est pas mouton dans la masse du troupeau.

Il se dégage de cette fille un côté sportif et rebelle, une énergie peu commune mariée à une naturelle douceur. La salopette de velours et le blouson qu'elle porte, lui confère à mes yeux, une allure volontaire. Et en plus, elle est belle.

Je la perds de vue en essayant de repérer Francis. Une fois celui-ci récupéré, sur le chemin du retour, lorsque je lui demande si la description de la fille que je lui fais lui dit quelque chose, il me répond :

– Ah oui je vois ! Ca doit être Catherine Genot.

Intrigué et attiré par ce que j'avais perçu de cette fille, je me rends aussi souvent que possible à la sortie de l'école.

Doucement, sous ces cendres refroidies depuis peu, de plus en plus souvent en la regardant ou en pensant à elle, je percevais les frémissements de mon cœur qui ne demandait qu'à oublier et s'emballer de nouveau.

Le désastre sentimental de ces dernières années dresse autour de lui les barrières qui l'empêcheront cette fois de s'embraser spontanément.

Dans l'insondable destin de la vie, mon cœur lui, sait déjà que mon chemin passera par cette fille. Je ne le suivrai que pas à pas, prudent, m'assurant à tout moment de contrôler ma progression dans cette nouvelle aventure.

Fleur de rosée

En effet, je ne l'ai su que plus tard, mais l'aventure de ma vie d'homme, de mari, de père, prenait naissance ici, à la sortie de cette école.

En décembre de cette année, quelques jours après l'avoir aperçue, je demandais à Francis de lui faire parvenir une lettre.

Je lui écrivais mon plaisir de la voir et de pouvoir la regarder passer, et lui faisait savoir que je souhaitais mieux la connaître.

Ce courrier a immédiatement reçu une réponse favorable, transmise elle aussi par Francis. Ce n'était que le début d'un échange qui allait, sans discontinuer, nous lier pour les années à venir.

Après l'épisode de cette première lettre, c'est désormais Catherine que je raccompagnais chez elle à Quincey, au début avec Francis dans la voiture, puis seul par la suite.

Les barrières de mon cœur m'imposèrent la prudence avant de s'ouvrir un peu : j'ai pris le temps de bien la connaître.

Le premier baiser échangé n'est arrivé qu'en janvier, le 17, et trois mois se sont encore écoulés avant que de ce baiser nous laissions nos élans nous emporter un peu plus loin, et ce bien que nous en mourrions d'envie depuis longtemps.

Son côté un peu garçon manqué lié à sa naturelle douceur, me la faisait comparer à une indienne, une squaw, comme j'avais aimé les imaginer.

Et bien que jusqu'à ce jour j'étais plus particulièrement séduit par des filles brunes aux longs cheveux, celle qui devenait l'indienne de mon cœur était cette fois blonde.

Je l'avais surnommée « Fleur de Rosée ».

Isabelle n'est même pas un fantôme dans mes souvenirs, elle n'existe plus du tout au cœur de mes sentiments. Cependant, nous nous voyons toujours lors des réunions de notre groupe auquel Catherine maintenant fait aussi partie.

Nous nous retrouvons donc à trois couples, Isabelle est la seule célibataire. Je ne suis pas fait pour aimer plusieurs personnes à la fois ; mon cœur sélectif n'exprime de sentiments que pour sa seule élue, et pour personne d'autre. A Christophe qui avait du mal à comprendre comment je pouvais me trouver en présence de ces deux filles, j'ai répondu que mon histoire avec Isabelle avait été tellement longue à trouver sa fin, que tout ce qui la concernait s'était réellement volatilisé, que seuls dans les cendres de notre histoire, les souvenirs persistaient.
- Eh Max ! Toi qui crois toujours en n'importe quoi,

tu vois que ces vœux, ces prières, adressés au ciel étaient bien des histoires de bonnes femmes.

– Tu dois avoir raison…, en tout cas, cela n'a plus d'importance.

Je ne recueille plus les confidences d'Isabelle, et ses soucis ne sont plus les miens. Elle sait pouvoir m'appeler si elle a besoin d'aide, mais ma vie est maintenant tournée vers une autre, et c'est elle qui compte avant tout.

Catherine et Isabelle deviennent même de bonnes amies ; elles se retrouvent ensemble, lorsque que mes horaires de travail ne me permettent pas de participer à leurs sorties, ou lors d'activités organisées par la famille d'Isabelle.

Tous les trois nous nous entendons même bien, et chacun à sa place. Enfin, jusqu'à ce que…

Gaby comme Francis n'ont pas vraiment apprécié que le temps que je leur consacrais soit maintenant dédié à Catherine. Gaby a même exprimé de la jalousie envers celle qu'elle a, dans un premier temps, considérée comme une rivale.

Pourtant toutes deux pleines de sagesse, elles ont su régler ce différend dans un franc dialogue.

Concernant Isabelle, la relation qu'elle entretenait avec Catherine était plaisante, non envahissante, et confinée aux limites de l'amitié.

Le temps suit sa route, et moi je cherche à obtenir un travail plus intéressant que celui que j'occupe depuis ma sortie de l'armée. Mes efforts me permettent de signer un contrat en Savoie, dans une société américaine : Union Carbide à la Léchère, pour conduire un four, prototype en cuisson de carbone.

Il me reste un mois avant mon déménagement, et pour prendre connaissance des lieux, j'envisage de me rendre sur place ce début d'été 1981.

La localité disposant d'un camping municipal et d'une piscine, nous décidons avec Catherine de camper quelques jours sur les lieux de mon futur emploi.

La tente canadienne que j'amène, est assez grande pour permettre un couchage de trois personnes. Avec Catherine nous proposons à Isabelle de se joindre à nous, le temps de ce séjour en Savoie, et c'est avec plaisir qu'elle accepte cette invitation.

Changer d'air lui fera aussi le plus grand bien, d'autant plus qu'il me semble que l'ambiance est un peu tendue autour d'elle en ce moment.

Quelques jours plus tard, nous voilà donc, après un trajet de quatre heures, installés en Savoie, au camping municipal de La Léchère, sous la tente que nous partageons.

Le climat nous est favorable et nous permet de profiter ensemble de la piscine locale.

Nos quelques journées sur place s'écoulent entre ballades et baignades. Le soir, après notre repas réalisé sur le petit réchaud, nous nous promenons avant de nous affronter au scrabble précédent l'extinction des feux.

Dans cette ambiance sympathique ou règne la bonne humeur, un soir Catherine n'a pas envie de marcher. Elle préfère se coucher plus tôt. Malgré ce changement, je maintiens la promenade du soir à laquelle je ne veux pas déroger.

Isabelle exprime le souhait de pouvoir m'accompagner, ce qui ne pose aucun problème, ni à Catherine, ni à moi.

Cette sortie suivait le même trajet chaque soir, et comme les fois précédentes, nous parlons de tout et de rien en marchant. La nuit était déjà sur nous.

Est-ce dû à l'heure plus tardive ou au fait que nous soyons que deux ce soir ? Il me semble deviner quelque chose de différent dans l'attitude d'Isabelle.

J'ai un peu l'impression de me retrouver quelques années en arrière, lors de ces soirées où nous marchions sur les routes de Vosne-Romanée. Elle aussi certainement, car maintenant elle me tient le bras.

La Savoie refusée

– Max…, si nous passions de l'autre côté de cette haie d'arbres, nous serions moins sur la route.

– C'est une bonne idée, mais ici c'est une propriété privée apparemment. Tu veux vraiment y aller ?

– Oui !

Je retrouve son sourcil droit relevé sur l'esquisse d'un sourire. Je ne la regarde pas plus que cela, et la conduis à continuer de marcher le long du chemin, arguant que je ne tiens pas à rentrer dans un lieu privé la nuit.

Nous continuons notre tour qui nous ramène au terrain dc camping.

Il fait bon ce soir et nous n'avons pas vraiment envie d'aller nous coucher immédiatement.

Pour profiter encore de la douceur de la nuit, nous nous asseyions sur un banc du petit parc du camping, poursuivant notre conversation à propos de tout et de rien.

Le sujet principal est que bientôt, je ne serai plus chez moi à Vougeot, mais installé ici en Savoie, pour désormais y travailler.

Isabelle se tait quelques instants, pensive avant de me dire.

– Max, alors nous allons moins nous voir !…

– … ? Nous, certainement, mais nous n'avons rien à nous devoir Isabelle. Ca sera plus gênant pour Catherine et moi.

– Je peux m'asseoir sur tes genoux ? Ce banc de pierre est trop dur…

Alors que j'étais semi-allongé sur ce banc, pour son confort je me redresse, afin de lui permettre de s'installer sur mes jambes plus souples que la pierre.

Une fois assuré qu'elle était mieux assise là, nous reprenons le fil de notre conversation, jusqu'à ce moment de silence où, perdu dans mes pensées, je me fonds du regard dans le ciel à contempler les étoiles de ces montagnes.

C'est à cet instant qu'elle bouge un peu et passe un bras autour de mon cou. Je pense qu'elle prend appui sur moi pour modifier une assise qui lui devient inconfortable.

Mais lorsqu'elle tourne son visage face au mien, et que de son deuxième bras elle m'entoure aussi le cou, ce ne sont plus les étoiles que j'observe, mais le visage d'Isabelle qui hésitant encore sur ce qu'elle va faire, me fixe du regard.

Un instant, le temps suspendu agite en moi tous les souvenirs de ces années passées, et là, je me rends à l'évidence de la situation qui contraste tant avec toutes celles que nous avons traversées.

Dans le silence qui tombe sur nous, Isabelle me fixe toujours avant d'approcher encore son visage du mien.

Je ne réagis pas plus que cela à cette approche, dont je ne doute pas de la finalité.

Le vent qui souffle dans ma tête, lui, descend jusqu'aux profondeurs du cœur pour, vérifiant s'il reste une braise à enflammer, ne trouver que le froid des cendres d'un feu à jamais éteint.

Je ne suis même pas tenté de profiter de ce qu'elle m'offre. Avant le contact inévitable qu'elle prépare, sans dire un mot, je détourne la tête pour de nouveau contempler les étoiles.

Sur ce banc de pierre en Savoie, Isabelle en silence, comprend que pour elle je suis définitivement perdu.

Je suis resté un an en Savoie, et dans cette période, aussi souvent que possible je faisais le trajet jusqu'à Vougeot pour rejoindre Catherine, quand ce n'était pas elle qui prenait le train pour passer le week-end chez moi.

Me tenir éloigné de ce qui avait fait ma vie jusque là, n'était, à cette époque, pas encore pour moi.

Après ces mois loin de tous, j'ai pu trouver un emploi à quelques kilomètres de Vougeot, chez Pampryl : c'est mon retour « triomphal » en Côte d'Or.

Je retrouve donc de façon plus régulière notre groupe. Christelle n'en fait plus partie : Christophe a une nouvelle petite amie.

Depuis 1982, les trois garçons que nous sommes, avons chacun notre moto. Nous formons maintenant une petite bande de trois motards avec leurs passagères, et parcourons les routes sans mesure.

Isabelle est toujours avec nous, mais elle commence à trouver le temps long. Célibataire, elle s'ennuie lorsque dans nos soirées elle se sent étrangère, à nos conversations, à nos amusements ou agacements de couples, et elle peut difficilement nous accompagner lorsque nous sommes à moto.

Petit à petit nous finissons par moins la voir, et chacun d'entre nous avance sur le chemin de sa vie.

Il ne m'arrive jamais de regretter quoi que ce soit de ce temps passé à aimer Isabelle. Je sais que cette époque de ma vie, que j'ai considérée non pas comme un échec, mais comme une expérience, m'a aidé à être ce qu'aujourd'hui je suis.

Au travers de ce vécu, une interrogation persiste en songeant à toutes ces prières lancées au ciel comme à tous ces vœux d'espoir qu'un jour Isabelle m'aime.

Ai-je été témoin, ce soir là en Savoie, de leur réalisation ?

Isabelle s'éloigne de notre groupe, petit à petit. Elle aussi évolue de son côté, et ce qu'elle ne fait plus avec nous, c'est avec d'autres qu'elle le réalise.

C'est un soir où nous nous retrouvons chez Olivier pour manger… de la soupe aux crêpes - un bouillon où nagent quelques morceaux de crêpes) qu'elle nous rejoint accompagnée d'un garçon. Denis.

Je la connais bien : je vois tout de suite la fierté qu'elle a de nous le présenter en précisant qu'il est son petit ami. Il me semble aussi remarquer dans les regard de Denis, comme un défi cette première fois où il me dit bonjour. Je ne doute pas un instant qu'il m'ait collé une étiquette de rival potentiel. Il n'a pourtant rien à craindre de moi, mais cela il ne peut pas le savoir.

Au premier abord j'estime que c'est un garçon sympathique. Il a l'air énergique, directif aussi, un peu trop peut-être ; il me fait d'ailleurs penser à Patrick le frère d'Isabelle.

C'est certainement pour cette raison qu'ils sont copains, et c'est par l'intermédiaire de son frère qu'Isabelle l'a rencontré.

Isabelle est vraiment fière de nous le présenter. Ses gestes et son attitude du genre « moi aussi j'ai quelqu'un à moi », me donnent envie de sourire, mais j'évite de le montrer.

J'ai l'impression qu'à la manière dont elle le tient, de la façon dont elle l'entoure, qu'elle est heureuse de pouvoir nous montrer qu'elle aussi, maintenant, a une vie qui ressemble à la nôtre, qu'elle n'est plus seule.

Elle m'a souvent confié ces derniers mois, déplorer ne pas avoir une vraie relation, dépassant l'amour platonique dont elle était entourée et qui la fatiguait.

Cette, enfin vraie relation, elle va la conduire jusqu'au bout. Depuis qu'elle nous a présenté Denis, nous ne la voyons pratiquement plus, sauf quand la semaine nous nous arrêtons chez elle pour lui rendre visite, autant que pour saluer sa famille.

Isabelle est de moins en moins présente parmi nous maintenant. Sa maman lorsque je la rencontre, aime à me dire que lorsque Denis est là, il vaut mieux éviter de prononcer mon nom. Elle me dit en riant :

– Tu sais, à la simple allusion à Max, il faut le voir s'énerver !

Un jour de sortie comme les autres cette année 1984, Olivier avec qui nous sommes, me dit l'air un peu coincé :

– Tu y vas ?

– Où veux-tu que j'aille ?

– Ben au mariage cette idée.

– … ! Et au mariage de qui ?

– Au mariage de la Sousou. Tu n'es pas au courant ?

J'en tombe presque. J'apprends par hasard qu'Isabelle va se marier ! Personne de sa famille ne m'en a jamais parlé.

J'ai du mal à comprendre pourquoi, et je ne le vis pas très bien, même très mal sur le moment : je suis à la fois en colère et vexé.

Je ne cherche même pas à entrer en contact avec la famille Souvignet, et je finis par comprendre, seul, que Denis doit y être pour quelque chose.

Pire encore, je constate que tous ceux de notre groupe sont informés de cette cérémonie, et peuvent y assister ; c'est Christelle qui m'a confirmé que Denis ne souhaitait pas me voir lors de son mariage, et qu'Isabelle se pliait à sa décision.

Je ne sais pas ce qui se passe, j'ai l'impression, une fois encore, d'être terriblement blessé. Moi qui ai tant partagé ces dernières années avec Isabelle, moi qui étais prêt à tout lui donner, me voilà interdit d'assister à son mariage. Quel cruel revers !

J'ai du mal à m'en remettre. Si je m'écoutais j'irai tour à tour, trouver d'abord Denis pour lui demander de quoi il se mêle, pour qui il se prend, puis Isabelle pour qu'elle m'explique la raison de cette situation, qu'elle me l'explique les yeux dans les yeux.

Heureusement, peut-être, Catherine me convainc de rester calme, elle m'aide à comprendre quel rival Denis peut voir dans l'ancien copain d'Isabelle.

Quoi qu'il en soit on ne m'interdit rien, et surtout pas d'assister au mariage de quelqu'un que j'ai aimé. Je décide que moi aussi je serai présent.

Les jours avant la cérémonie j'ai le plus grand mal à ronger mon frein : j'ai tellement envie d'arriver comme un pavé dans la marre, sans prévenir, dans la cour d'Isabelle pour quelle m'écoute et bien lui faire comprendre comment je ressens cet affront.

Je réussis quand même à contenir cette sourde rage qui bout en moi, mais jubilant en songeant que si Denis ne veut pas de ma présence à son mariage, il aura tout de même la surprise de me trouver sur le chemin qui les conduit devant le prêtre.

Le mariage

« Mes prières iront vers toi Max ». Le Père Debort entre dans l'église. Je n'en doute pas un instant, il sait ce que le mariage d'un, d'une amie signifie pour moi, comme il sait ce que m'inflige cette interdiction d'assister à la cérémonie.

Je n'ai eu aucune explication sur les vraies raisons de cet interdit, si ce n'est ce que j'ai pu déduire de la révélation faite par Christelle

Maintenant les voitures arrivent sans discontinuer sur le parking devant l'église, et avec elles, le cortège de toutes ces personnes invitées au mariage.

Je suis toujours assis sur ma moto ; je me dis que j'aurais dû prendre avec moi mon chapeau de cow-boy et une cigarette, pour bien marquer mon détachement de cet événement, genre desperados surveillant le passage de la diligence.

Les invités passent devant moi, certains baissent la tête, d'autres me regardent puis détournent les yeux, gênés me semble t-il. Tout de même, quelques-uns, quelques-unes, me font un discret sourire ou me lancent un signe de la main.

Tous ici savent qui je suis ou ont entendu parler de moi, après toutes ces années.

« Max ? Ah oui ! c'est lui… »

Les cloches de l'église retentissent, j'inspire aussi fort que je peux pour rester imperméable à cette vague d'émotion qui m'envahit ; je n'en veux pas.

Au loin, je vois arriver la voiture du marié. Il n'est pas seul, les frères d'Isabelle sont avec lui.

La voiture qui les conduit passe devant l'église puis s'arrête aussi sur le parking.

Tous les trois parviennet ensemble jusqu'à l'entrée : ils ne peuvent pas m'ignorer. Denis crâne un peu en arrivant à ma hauteur, mais, je le remarque, il n'est pas tout à fait à l'aise. Mikaël et Patrick me lancent un « salut Max », auquel je réponds dans le même style et en les fixant de mon regard noir, jusqu'à ce qu'ils détournent leurs yeux. Tant que je peux, je les observe ; Mikaël se retourne une dernière fois, me regarde, puis disparaît au fond de l'église. Catherine arrive à son tour. Elle assiste au mariage de sa copine avec une de ses amies. Elle vient jusqu'à moi, m'embrasse dans un encouragement à mieux gérer ce moment qu'elle sait difficile, puis à son tour pénètre dans l'église. Les cloches continuent de sonner en cadence ; il n'y a plus personne à l'extérieur de l'église. Je reste seul avec mes pensées, essayant là encore de comprendre quelle réelle place Isabelle a pu donner à ce que j'ai considéré comme de l'Amitié.

Je ne doute pas qu'elle ait été vraie entre nous. Mais je ne parviens pas à digérer que du jour au lendemain elle puisse ainsi s'effacer, disparaître, d'un revers de main, sans explication, sans plus jamais me laisser aucune trace de sa sympathie.

La voiture de la mariée arrive à son tour. Madame Souvignet est déjà là aussi, je ne l'ai pas vue venir. Elle se dirige vers l'église, elle a l'air joyeux d'une mère qui marie sa fille.

Je ne veux pas gâcher son moment de bonheur, et lorsque passant près de moi elle me lance :

– Bonjour ! Tiens t'es donc là toi ! Ca va Max ?

– Oui madame ça va..., je vais avoir la chance de voir la mariée.

– Isabelle va être contente de te voir. Tu ne fais pas le fou ? Hein Max ?

Et sans attendre de réponse, elle s'éloigne à son tour pour entrer dans l'église.

Je regarde vers la voiture de la mariée.

Enfin, je la vois : comme dans un film au ralenti.

La porte de la voiture s'ouvre, tenue par son papa.

Tout d'abord je ne perçois d'elle que les pieds chaussés de blanc, puis la robe que poussent ses jambes, et enfin sa tête qui sous le montant de la portière, passe, évitant que sa coiffure ne soit défaite.

Elle se baisse, et prend la main que lui tend son père pour l'aider à sortir de l'habitacle.

Une fois à l'extérieur, aidée par la demoiselle d'honneur, elle s'assure que sa robe tombe bien dans ses plis.

J'entends sa voix claire et joyeuse, elle rit, certainement un peu stressée par l'événement, et son rire est une lame de rasoir qui me lacère le cœur.

La demoiselle d'honneur a terminé d'arranger la robe, Isabelle qui se retourne pour prendre la direction de l'église, me voit.

Je la regarde, elle reste un moment figée, surprise j'imagine, mais elle reprend aussitôt sa naturelle décontraction.

Elle s'avance d'abord accompagnée de son papa et de la demoiselle d'honneur, puis accélérant le pas, les laisse pour se précipiter vers moi.

Toujours assis sur ma moto, aussi désinvolte que me le permet la situation, je ne bouge pas, le cœur battant très fort, je la regarde venir.

Bien que peu de distance nous sépare, dans ma tête les images de ces dernières années défilent : son premier regard, son premier sourire, ces moments partagés, nos marches de nuit, mes craintes, mes souffrances, mon envie de mourir, cette fois en Savoie où tous mes vœux passés semblaient se réaliser.

– Max, tu es là !

Isabelle venait de s'arrêter à ma hauteur. J'avais du mal à conserver un semblant de sourire que je voulais ironique, mais qui au fond, cachait ma peine.

En posant ses mains gantées de blanc sur mon guidon, d'un air désolé, elle tente de me fournir une explication à la situation.

– Pardonne-moi Max. Vraiment, j'aurais voulu que tu puisses participer à mon mariage, mais Denis ne veut pas entendre parler de toi. Au début il m'a demandé de choisir entre lui et mes anciens copains, entre mes anciens copains dont tu es, et ses copains. C'est normal qu'il me le demande, comme c'est normal que je respecte ce qu'il m'a demandé…Tu me comprends ?

Derrière elle, passent la demoiselle d'honneur et son papa ; ils s'arrêtent à l'entrée de l'église pour l'attendre. Isabelle jette un œil vers eux avant de me dire encore.

– Max, il faut que tu comprennes que tu fais partie de mon passé. Maintenant je suis mon mari, ma vie est avec lui.

Je fixe ses yeux, je sais que c'est la dernière fois que je les regarderai. En empoignant mon casque, je lui dis aussi calmement que l'émotion qui m'étreint me le permet. - Je souhaite que tu puisses être heureuse avec lui Isabelle ; vas-y, il doit t'attendre. J'e me coiffe de mon casque en démarrant mon bolide, alors que sans un mot de plus, elle me tourne le dos et rejoint ceux qui l'attendent.

Je ne sais pas si elle s'est retournée une dernière fois, mais ce dont je suis certain, c'est qu'elle aura entendu le démarrage rageur de mon départ.

Maintenant

C'est de cette façon que mon histoire avec Isabelle s'est définitivement terminée.

Elle a fini par quitter notre région pour aller vivre dans l'Aube, pays de son mari.

Nous avons fait chacun notre vie de notre côté. Depuis, nous nous sommes croisés quelques rares fois. J'ai conservé le contact avec sa maman qu'il m'arrive encore de rencontrer.

Elle ne manque jamais de me dire :

– Alors Max ! Qu'est ce que tu deviens ? Tu es toujours aussi fou ?

Il y a encore quelques années, Isabelle a souvent traversé mes rêves. Souvent veut dire quatre à cinq fois par an, et ce qui était troublant, c'est qu'à chaque apparition elle me demandait de l'aider, quelque chose n'allait pas autour d'elle.

Je n'ai jamais cherché à approfondir, mais j'en parlais toujours à Catherine.

De ce temps de l'adolescence, rien ne s'est effacé. Le feu qui m'a embrasé, n'a laissé place qu'à des cendres froides que j'ai rapidement su évacuer.

Ai-je été malheureux ? Certainement un peu, mais pas de façon dramatique, même si à un moment… j'ai été traversé par l'idée du suicide. Ai-je des regrets ? Non. Je n'en ai jamais eu.

Jusqu'à ce jour, c'est définitivement que j'oublie les pages de ma vie, celles que je tourne volontairement, forcé ou non. Et lorsque l'une d'elle s'est refermée, à chaque fois une nouvelle s'est écrite. Je n'ai jamais connu ces moments de vide où l'on cherche comment occuper son temps, comment donner un sens à sa vie.

Mais surtout, et c'est là le plus important, dans les cendres de cet amour qui a failli me détruire, j'ai puisé les forces du ciment qui m'a permis de construire solidement pour le faire durer, l'avenir de l'amour naissant avec Cathcrinc. Car je me donne entièrement à ce que je fais, entièrement à l'autre, ma vie durant, je me suis prémuni autant que faire se peut d'une éventuelle déception, d'une éventuelle trahison. Dès cette époque, j'ai construit ma vie sentimentale pas à pas, m'assurant à chaque étape, comme un alpiniste en péril, que chaque avancée dans cette nouvelle relation que je développais était, avant d'engager la prochaine, solide, fondée, et ne s'ouvrirait pas sur le vide. C'est à cette seule condition que je m'autorisais à poursuivre et à progresser dans une vie de couple, m'assurant toujours et à chaque étape, que nous étions à deux, au diapason des projets de notre avenir, que nous avions le même horizon pour destination.

Rien ne se fait facilement, et jamais rien ne s'obtient sans un minimum d'efforts.

Ma vie à deux, notre vie de famille, l'harmonie qui l'a entourée jusqu'à maintenant, ne doit rien au hasard, mais tout à l'effort de mener à bien ce pourquoi je me suis donné, ce pourquoi nous nous sommes donnés.

Il n'est pas faux de comparer à une escalade en montagne cette ascension que l'on fait dans une vie à deux : à mains nues, encordés, avec ses épuisements qui ralentissent parfois l'avancée, avec ses risques de chute, de soi, ou de l'autre, qu'il faut savoir soutenir, pour permettre que cette ascension se poursuive, aussi longtemps que possible, et pour toujours, si tel est notre souhait.

Je ne serai jamais parvenu à vaincre cette épreuve si je n'avais pas fait de mon histoire avec Isabelle une leçon m'éclairant sur les pièges à venir de ma vie.

Épilogue

Peut-on avoir une certitude de ce que la vie, dans les chemins qu'elle nous impose, cherche à nous faire comprendre ?

Sur le temps de mes cinquante années passées, en tenant compte que j'ai réellement pris ma vie en mains à 21 ans, j'estime être riche de presque trente ans d'une certaine expérience.

Pourtant, il n'y a qu'une quinzaine d'années que j'ai découvert ce que je crois être le sens profond de la vie.

Est-ce suffisant pour apporter une réponse à cette question ?

Jc suis certain au moins d'une chose : la vie est à la fois un fleuve et un livre.

Un fleuve dans lequel nous sommes jetés dès la naissance. Flots où nous n'avons d'autre choix que d'apprendre à nager au fil des jours qui passent, à la manière de ceux qui nous entourent, nous guident comme ils peuvent.

Pourtant, si personne ne nous explique le sens de la vie, le sens du courant de ce fleuve, il faudra toute notre existence, surnager, se débattre jusqu'à la mort, dans un quotidien qui souvent semble incompréhensible et où la place du bonheur semble éphémère et parfois même inexistante ; sans même, de ce fleuve, en avoir vu la beauté des rives, ni être parvenu à les aborder, pour s'y reposer, et apprécier plus encore le chemin de notre propre vie.

Il nous faut pour l'admirer, être capable de se laisser porter par elle, et non pas tenter de lutter pour avancer à contre-courant.

Un livre, car chaque instant qu'elle nous donne est une page qui se tourne, dans laquelle chaque seconde nous est offerte pour apprendre à la découvrir, à la comprendre, à l'apprivoiser et à l'aimer : pour la suivre et la vivre dans le plaisir. Mais surtout pour apprendre à comprendre ce que chacun nous sommes et faisons dans cette vie.

On peut regarder un livre, en voir les images, en lire les mots, et ne pas comprendre le sens de l'histoire qu'il raconte, comme on peut traverser toute une vie en se demandant au final : à quoi sert de l'avoir vécue ?

Il n'est pas raisonnable de penser que les rails de la vie sur lesquels on semble installé, resteront parallèles jusqu'au bout, car tel est notre souhait, car tel est notre désir de voir s'éterniser une situation de confort intellectuelle ou matérielle, dans laquelle on se sent bien.

La vraie certitude est de comprendre que l'on peut faire confiance à la vie, en se fiant à ce qu'elle tente de nous apprendre, de nous faire voir.

Elle nous met à chaque fois sur le chemin de ce qui est nécessaire à notre éveil d'elle-même. Elle nous aide à avancer pour atteindre ce que chacun cherche, sans savoir ce qu'il doit trouver et comment le découvrir, mais qu'il nomme le bonheur.

Hier est n'est plus là, demain lui ne sera peut-être jamais là, seul le moment présent est à vivre pleinement, et dans la joie de le vivre.

Ce récit est celui d'un parcours : celui d'un instant de ma vie.

Il n'a rien d'initiatique, mais à me débattre, j'ai bu la tasse dans ce fleuve, sans jamais éprouver d'amertume, et heureusement, toujours avec la tête froide, conservant assez de recul pour surnager et rester à flot dans les tempêtes que je traversais.

J'aurai pu me noyer quand sur ces rails j'étais prêt à me laisser emporter, mais la vie en avait décidé autrement, faisant intervenir ceux qui allaient me faire fuir cet endroit.

Ma vie s'est poursuivie sur les bases de cette épreuve, me portant par sécurité à analyser, intérieurement, ce que mes relations pouvaient d'une manière ou d'une autre, me transmettre : dans leurs communications, dans leurs silences, leur présence ou leur absence, et progressant en développant l'écoute intérieure.

Depuis, j'ai appris avec bonheur, à n'avancer chaque jour qu'en suivant mon cœur, sans jamais aucun calcul, et en harmonie avec ce que la vie m'a toujours offert.

Et, me direz vous, les cendres de l'Amour dans tout cela ?

A son apogée, cet Amour que j'acceptais de vivre sans qu'il s'impose à celle qui lui avait donné naissance, brûlait au plus profond de moi avec la force ravageuse d'un incendie de forêt.

Comme un foyer qui s'étouffe dans son étuve, il s'est consumé de lui même après avoir embrasé tout ce qui pouvait lui servir de combustible : sentiments, amitiés, espoir.

Le cœur encore enfoui sous ces cendres chaudes, avant même qu'elles ne soient balayées par le vent du temps, le destin m'a donné de rencontrer celle qui deviendrait ma femme, celle à qui j'allais consacrer ma vie.

Comme sur les terres arides où le brûlis fertilise les cultures, dans les cendres de cet amour, je puisais la force de construire cette vie à deux qui s'offrait à nous.

Mais celle-ci, c'est une toute autre histoire.

J'ajouterai, avant de refermer ces pages : formulez un vœu, et si vous croyez vraiment à sa réalisation, soyez attentifs : la vie vous mènera jusqu'à jusqu'à lui.

*** FIN ***

La vie est sans Fin ; elle peut nous surprendre à tout moment…

Table des matières

Achevé d'imprimer en janvier 2014 par LEN S.A.S. – 92150 Suresnes
Dépôt légal : janvier 2014
Imprimé en France